你的城　我的城

——献礼宁德撤地设市 20 周年

宁德市文学艺术界联合会　编

海峡出版发行集团 | 海峡文艺出版社
THE STRAITS PUBLISHING & DISTRIBUTING GROUP | Haixia Literature & Art Publishing House

前　言

　　宁德，是习近平新时代中国特色社会主义思想的重要萌发地。习近平总书记在宁德工作期间，曾把闽东的锦绣河山、灿烂文化和闽东人民自强不息、艰苦奋斗、善良质朴的精神形象地概括为"闽东之光"，并倡导"把闽东之光传播开去"。

　　30多年来，"闽东之光"照耀着这座海滨新城的崛起，也让这座新城的文化艺术焕发出璀璨的光芒。

　　这里三面环山，一面临海。山的雄浑呵护着这片广袤土地上的山林与沃野，海的宽广养成了宁德人民包容的胸怀。漫长的时光淬炼，沧海已成桑田，古老的宁德孕育出独具地域特色的自然风光和人文景观；同时也铸就了宁德人开诚心、布大局、刚毅坚忍、勤劳勇敢的品格。他们守卫着这方山水的安宁，为这里的建设与繁荣立下殊功。

　　自撤地设市以来，宁德更是经历着一次又一次华丽的嬗变，取得令人瞩目的成就。居者心怡，来者心悦，宁德是宁德人的福地，也是外来创业者的热土，是一个宜居宜业的滨海城市。

　　这里，是习近平总书记魂牵梦萦的地方。宁德市各级政府始终牢记习近平总书记对宁德"多上几个大项目，多抱几个金娃娃"的殷切期望，充分发挥引领与带头作用，加大对产业链条延伸、科技创新、技术改造的投入力度，全力支持上汽宁德基地项目建设，紧抓锂电新能源、不锈钢铜材料以及新能源汽车等支柱产业扩能达产，坚持既要绿水青山又要金山银山的理念，在探索与创新中求发展，在艰苦的蜕变中实现华丽转身。

为深入贯彻落实习近平新时代中国特色社会主义思想和党的十九大精神，发扬"弱鸟先飞、滴水穿石"的闽东精神，坚持改革开放、扶贫攻坚的方向与政策，鼓舞广大作者和文学爱好者积极投身到我市全面实施"一二三"发展战略中去。在相关部门和领导的关心支持下，经过宁德市文联精心组织与策划，编印成这本《你的城，我的城》，为宁德撤地设市 20 周年献礼。

文化是一座城市的灵魂与根脉。宁德自古人才辈出，文人墨客用自己的方式歌咏家乡的繁荣与发展。作家与诗人都是宁德这 20 年来的亲历者与见证者，他们从不同角度写下的浓墨而伟大的篇章来表达对宁德的热爱与深深的眷恋，歌颂宁德这座城市。

《你的城，我的城》全书共 16 万字，收录纪实文学 9 篇、散文 34 篇、诗歌 14 首，展示了闽东的历史文化、地域风光、产业发展，展现了宁德儿女艰苦创业、久久为功的奋斗精神，对于大力弘扬"闽东之光"，激励广大文艺工作者继续努力，创作出更多与时俱进、丰瞻多彩的精品，进一步提升宁德的知名度和美誉度，激发全市广大文艺工作者牢记嘱托、继续奋斗，深入实施"一二三"发展战略，做好"六稳"工作、落实"六保"任务，全方位推动宁德高质量发展超越，为实现"两个一百年"奋斗目标发挥更大作用、做出更大贡献，具有重大意义。

你的城，我的城，新时代新崛起的城。

编　者

2020 年 10 月

目 录 / CONTENTS

1 纪 实

2 散 文

3 诗 歌

1 纪实

潮落潮涨赛岐港

◎ 卢 腾

赛江，福建省五大溪河之一，源自浙南的鹫峰山脉和闽东的太姥山麓，一路千回百转，从从容容地接纳了两省五县流出的六大溪河，在下游与潮水相汇，形成了波平滩阔的赛岐港，潮起潮落，奔腾向东海。

赛岐港，大自然的恩赐，历史的造化，曾是闽东北及浙南地区通向外部世界的"山海门户"。

赛岐港内，老埠头新码头，星罗棋布；江中，舟楫穿梭、樯桅晃动，渔舟唱晚、汽笛声声，既古风犹存，又处处呈现出现代港口的繁荣景象。

赛岐镇，坐落于赛岐港之畔，楼群密集，厂房林立；路桥相连，大道通衢，车水马龙，人流如鲫；朝潮夕汐，昼夜喧嚣，既具有大集镇的特色，又有小都市的风貌，恰似一颗璀璨的明珠镶嵌在赛江流域的中心。

赛江，自古以来就是闽东交通的黄金水道；赛江沿岸，田畴碧绿、炊烟袅袅，又是一道墨韵秀逸的原生态走廊。早在唐末五代时期，就有氏族聚居，形成村落了。封建年代，陆路艰险，长途运输大都凭借水道。那时候，闽东北地区的货物往来，当然取道赛江了。因此，宋、明两朝，赛江的水运业就初现规模。据坊间传说，明朝万历年间，就有运盐船从赛岐港启碇，沿赛江溯流而上转入西溪，逆水行舟30里抵达寿宁县的斜滩村。据明万历版《福安县志》记载，早年间，在赛江下游的咸水滩，就有制盐业出现，故而才有海盐运销内地山区县之说。到了清康乾年间，随着社会稳定，工商业萌芽的产生，水运业骤兴，赛江沿岸的先民和外乡的有识之士，纷纷迁居赛岐，赛岐成了近代沿海移民聚集镇。随着人口的聚集，逐渐有了港口商埠的雏形。

来到赛岐港弄潮的人，都颇有经商思想和创业精神。他们在择址奠基、构屋建房时，地理先生向他们征询门庭选风水的意向，问：将来门前是要立旗杆还是立桅杆？立旗杆，当然是企盼后代读书走仕途之道，门前旗帜飘扬；立桅杆，不言而喻，是意向"财源茂盛达三江，生意兴隆通四海"。此刻，各位东家都会不约而同地朗声回答：要桅杆！基于这种主导思想，在赛岐港畔的岐头山下，早期的房舍楼屋的大门，都是朝向港口；同时，在港畔建造的第一座庙宇就是妈祖庙，祈求妈祖娘娘庇佑水面求财顺风得利。这就是赛岐人传统的经商意识。

正是这种经商情结的驱动，到了清末民初，走南闯北、见多识广的赛岐人，就紧挨着江畔建起了一条一里多长的商业街。在街两旁的楼店，清一色的骑楼式结构，其模式可与厦门、泉州、漳州的老街风格相媲美。骑楼式的楼店遮风避雨，逢遇雨天，从街头走到街尾，不用打伞，便于进货，便于留客，更便于坐店经商。应该说，那时赛岐人的经商意识已融入沿海大商埠人的开放理念。转瞬间，赛岐的街市上，商贾云集、商号如林，不仅有南北杂货铺、布店、药店和鱼货栈、茶行、粮行，还有洋人代理商开办的亚细亚、德士古、美孚洋行及南洋兄弟烟草经销处等。随着商贸的兴隆，赛岐的街道也日渐扩大。赛岐的街市，白天人声鼎沸，夜里灯火通明。繁华的景象，俨如那年代的"大邑"。

当时，赛岐的航运业更为兴盛。赛岐港的长泊岸、大埠头，挤泊着来自上海、宁波、广州、厦门、台北、福州等地涂红髹绿的货船、渔船、客船，赛岐籍的帆船也扬帆驶向国内外各大港口。

早在20世纪20年代，就有一艘赛岐籍70吨位的木帆船航抵日本冲绳；20世纪30年代，又有一艘赛岐籍41吨位的木帆船，满载着浙南的明矾，远航到辽宁营口。那时，赛岐籍的船，北往山东、南抵广东、东至台湾，频频进发。期间，赛岐的轮船业也悄然兴起。从20世纪20年代，赛岐商人购进第一艘100吨位的客轮，到20世纪30年代赛岐商人添置一艘500多吨位的货轮，10多年时间，赛岐港就有10多艘本地籍的轮船，在赛江宽阔的水面上乘风破浪。这标志着，赛岐的运输业驶向了现代工业文明。

随着赛岐港商贸、航运业的繁荣，官方先后在赛岐设立海关、银行、盐政、电信、茶叶等的管理和办事机构。要说邮政与电信事业，赛岐人可是捷足先登喽！早于清朝光绪年间，赛岐就有了邮政代办所。时至20世纪30年代，赛岐有一位商人自行投资，架设了一条从赛岐至福安县城的电话线，长达24公里。当年从国外发电报到赛岐，只须填写"中国赛岐"4个字，即可照收无误。这真是"不知福安县，却识赛岐港"。

这大概是赛岐港历史上的鼎盛时期吧！

然而，风云突变，战火遍地燃烧，国内百业凋敝，经济衰败，赛岐港难逃厄运，同样罹祸，顿时失去了往昔喧嚣的景况。新中国成立前夕，国民党败兵从东南沿海溃退台湾，沿途又炸沉或击沉了多艘赛岐籍在航的轮船，受此重创，赛岐的航运业元气大伤。那时，眺望沉寂的赛江面，令人不禁长长喟叹："寒鸦散尽水悠悠。"

落落涨涨赛江潮，时来运转，当第一面五星红旗飘扬在赛岐港上空时，赛岐人迎来了新的希望曙光，揭开了历史的新篇章！

新中国成立初期，有关部门十分注重赛岐港的商贸复苏和航运业振兴。国营的百货、纺织、食糖、水产、茶叶等商贸公司率先在赛岐镇开张营业；随即，国营的客轮、货运帆船也在赛岐港劈波起航。当福州港务局三都办事处在赛岐挂牌成立时，喜庆的鞭炮炸响了半条街。

国营的商贸公司在赛岐闪亮登场，大大活跃了赛江沿岸土特产的购销两旺。每年开春，山里人挑着绿莹莹的茶箩，疾步涌向茶叶站门前，排起长龙吵吵嚷嚷地等待收购；初夏时节，官井洋黄瓜鱼发海，满载着金灿灿黄瓜鱼的大船小艒，急摇橹猛荡桨，咿咿呀呀地麇集在水产码头，争着过秤赶鲜；一入冬，赛江沿岸的糖寮开榨，一艘艘首尾尖尖的溪犁船，装载着一筐筐红彤彤的板糖，伴着渔歌，犁开层层清波，慢悠悠地汇聚在土产站的小埠头下，等候叫号过磅进仓。赛岐港再一次焕发生机了。

国营的航运公司也及时地在赛岐港出现，它给闽东地区的物流畅通注入新的活力。清晨，当彩霞将赛江水染成锦缎似的时刻，一艘艘满载着百货、建材、化肥的轮船顺着早潮，鸣着响笛向赛岐港报到；傍晚，夕照映红了两岸青山，一艘艘装有毛竹、茶叶、白糖的木帆船，盈着满帆，迎着晚汐，翩翩出港。赛江上，轮来帆往，激活和丰富了山区人民的新生活。

新中国成立后，闽东的交通发展突飞猛进。在国家第一个五年计划里，就开始修建福（州）温（州）公路。1956年，福温公路通车途经赛岐，赛岐人第一次听到汽车的喇叭声响，欢欣雀跃。那几天，不少山里人起大早，带着蒲包饭，赶了二三十里山路来到赛岐，看看汽车究竟是什么模样，还有孩子尾追车后，闻闻汽车喷出的尾气是什么味。随后，四月中旬，赛岐至霞浦的浦赛公路也修通了。时隔两年，赛岐至闽北浦城的公路也通车了。此时，从北京至福州的国道和从闽东沿海霞浦县至闽北山区浦城县的省道，在赛岐纵横交汇了，赛岐港成为闽东水陆交通枢纽的优势地位也赫然凸显出来了。

20世纪50年代中期至80年代后期，是我国计划经济执行最严格的时期。赛岐，凭借着得天独厚的地理区位优势，省、地物资商品采购供应机构如雨后春笋般在此建立。先后驻足于此的，有工业品采购供应二级站、农资公司、土产公司、盐业公司、木材公司、石油公司、燃料公司、医药二级站、粮食转运站、建材物资部；闽东各县为了便于物资采购和转运，也纷纷在港口的周边设立办事处和建仓储；本县各乡镇亦趋之若鹜地赶来设采购组。当时，汇聚在赛岐的外地商业办事机构多达100多家，赛岐人戏称这些采购组、采购站是"大使馆"。

赛岐港是潮汐天然良港，新中国成立后，港区码头的建设也在紧锣密鼓中进行。早在1957年，在港区的东岸就建成一座钢筋混凝土框架式的港务货运码头，靠泊能力为600多吨，随即扩建成连体码头，靠泊能力提高到1500吨，彻底改变了赛岐港历史上货物装卸在江中大船过驳小船的落后状况。当码头上竖起吊杆机装卸后，赛岐港的码头工人也摆脱了长年以来肩扛背驮的繁重体力劳动。接着，水产、粮食、煤炭、石油、木材、食糖等7座专用码头相继建成。到了20世纪80年代，赛岐港码头的靠泊能力总和近万吨，港区的各种设施日臻完善。因此，赛岐港1982年经省政府批准辟为外贸运输物资起运点；1984年经省政府批准辟为国轮外贸物资装卸点；从1983年起与香港正式通航。此间，港口的吞吐量均居闽东各港口首位，省内仅次于福州、厦门港，位居第三位，被喻为"闽东小上海"。

新中国成立后，赛岐港航运业的发展如日中天，蒸蒸日上。首先，有实力雄厚的闽东轮船公司雄踞赛岐，该公司拥有14艘货轮，总运力7840吨，其中最大的一艘运力1400吨，是我省三大国营海运公司之一。赛江沿岸的船民，历来对外海航运、内河运输情有独钟，他们颇具创办航运业的经验与传统，又继承祖辈"宁缺家中三扇门，不差船上一舱板"的艰苦创业精神，新中国成立后，再掀起新一轮办航运业的浪潮。从新中国成立初期至 20 世纪 80 年代后期，通过合资、联营等方式，赛江沿岸共兴办起集体、个体联营等性质的水运企业 20 多家，拥有大小轮船、木帆船 300 多艘，总运力达 12000 多吨，为赛岐港的航运业增光添彩。

赛岐的工业是有历史渊源的。早年间，为了适应港中船舶上的需用，四面八方的能工巧匠就汇聚在赛岐，操办起了加工簸篷，锻造链、锚，搓拧船索等作坊。新中国成立前，当县城人还没见到电灯时，赛岐首家机械碾米厂发电机的余电，就让厂邻近的有钱人沾光了。新中国成立后，赛岐工业的发展，更是欣欣向荣。赛岐茶厂首家鸣笛开工，每逢茶叶生产旺季，厂里聚集着 2000 多名择茶女工，机声隆隆，茶香弥漫过半个赛岐港。该厂生产的茶叶走俏东南亚市场和东欧市场，当时的苏联人最青睐赛岐茶厂生产的红茶。赛岐酒厂生产的"蜜沉沉"酒，远销海内外，被评为福建名酒，编入《中国名食谱》，周恩来总理曾用此酒宴请过外宾。闽东面粉厂担负着全闽东地区"军需民食"的面粉生产任务。地区水坞木材加工厂出厂的枕木，为我国南方铁路大动脉的建设贡献了一份力量。赛岐铁合金厂生产硅铁合金、硅钙合金产品，是福建省唯一的铁合金出口基地。闽东化工厂生产的硫酸，是福建省工业的重要原料。闽东造船厂、福安造船厂出坞下水的铁壳轮、水泥船畅航于闽东沿海……那时，赛江两岸，烟囱林立，机声轰鸣，不仅国营企业独领风骚，还有赛岐传统的手工业、轻工业，诸如棕麻厂、砂轮厂、竹篷社、打火机厂、电瓷厂等集体企业，也异彩纷呈。

赛岐是闽东的工业重镇，满街走动的尽是戴工帽、穿工作服的人。当年，闽东人视赛岐为淘金地、聚宝盆。不仅仅福安本地的姑娘，连周边县的妙龄女子，寻夫择婿，都爱到赛岐，要是能与一位赛岐青年工人结缘，就觉得十分幸运。

赛岐是福建的八大名镇之一。赛岐人，来自天南地北，没有宗族概念，没有派系之争，和衷共济。赛岐人，跑南闯北，见多识广，胸怀坦荡；赛岐人，喜迎八方客，礼貌待人；赛岐人，讲卫生、讲文明，有很强的城镇意识。赛岐镇，曾于 20 世纪 50 年代中期，被评为"全国爱国卫生、模范镇"；赛岐的农贸市场，也曾于 20 世纪 80 年代后期，连续三年被评为"全国文明集贸市场""全省文明市场"。赛岐人出门在外，常常会自豪地自报家门，说："我是赛岐人！"

然而，在辉煌的历程中，赛岐的发展遇到了严峻的考验。

应该说，新中国成立后，赛岐的商贸繁荣、航运业发展、工业兴盛，很大程度上得益于计划经济年代，国家指令性的调拨。但是，到了 20 世纪 80 年代后期、90 年代初，国家实行经济转型，市场经济的波涛激烈地冲击着赛岐港。首当其冲的是各个"皇帝女儿不愁嫁"的国营工贸企业，失去了控制商品、物资调拨功能，在市场经济中黯然失色，渐渐淡出。受其影响，赛岐港的吞吐量、装卸量也骤然锐减。一时，赛岐人迷茫了！

路在何方？路在脚下！赛岐毕竟是赛岐，其地处福建环三都澳港区的中心，是福州至温州经济走廊的突出部位，是改革开放的前沿，是投资兴业的热土。赛岐积聚着丰厚的潜能，各级政府十分重视对赛岐的开发。当年，福建省委原书记项南同志视察赛岐港时，曾建议在赛江沿岸建立闽东中心城市。虽然说，该建议没有实现，但经各专家、学者的研讨论证，在叶飞副委员长和时任中共宁德地委书记习近平同志的支持下，"闽东赛岐经济开发区"应运而生了。

"闽东赛岐经济开发区"起步高，成立不久，就经福建省人民政府确认为省级经济开发区。"闽东赛岐经济开发区"的成立，为赛岐港的发展带来了新的机遇。

开发区成立后，致力于基础设施建设。1991 年，长达 980 米的 104 国道赛岐大桥跨港而过，大大促进了赛江东西两岸的共同繁荣；

接着，22 万伏输变电站、万门程控电话、日产 4 万吨的自来水厂相继建成投入使用；港区内码头建设更臻完成，现已建成 300—3000 吨级码头泊位 20 座，赛江下游白马河畔的 3000 吨级码头，经国务院批准为国家一类口岸对外轮开放；为招商引资创造了坚实的条件。

在国务院小城镇建设优惠政策的鼓励下，赛岐新区建设日新月异，颇具特色。早在 20 世纪 90 年代初期，赛岐镇政府，遵循赛岐商贸活跃的传统，卓有远见地在新区开辟了一条长 1500 米、宽 24 米的商品批发街，修成了一条长 1000 米、宽 12 米的商品零售街。赛岐商业街，商品时尚、价格实惠，不仅邻近乡镇人赶来采购，连城里人也常来选购。批发街上，车水马龙；零售街上，人头攒动。这里，是人们理想的购物天堂。

赛岐素有"牛城"别称，在新镇区繁华的十字路口的交通环岛上，高高耸立着一组石雕耕牛的群像———一只昂首的公牛旁，一只母牛正亲舔着一只小牛犊。这组石牛雕像，充分展示了赛岐人民勤劳、奋发的精神，表达了赛岐人和睦、感恩的思想理念。

赛岐经济开发区成立后，进入新世纪，赛岐的工业发展万马奔腾，气象万千。到目前，开发区的工业园区，已落户工业企业 100 多家，总投资达 50 多亿元，形成了以船舶修造、电机电器、冶金建材、食品加工等产业集聚群。其中，有 7 个项目先后列入福建省、宁德市在建重点项目。尤其是船舶修造业更引人瞩目，若隐若现的赛江岸线中，密布着 31 家修造厂，拥有 15 座船坞，其中有 4 座 300—10000 吨级船坞，总坞量 27.5 万吨，年产值达 25 亿元，涌现出万人的修造船大军，成为我国东南沿海最大的民间修造船基地。入夜，一座座船台上，四射的焊光，映入江中，像繁星在水中闪烁；激溅的焊花，洒向夜空，又像节日的礼花纵情绽放！

进入新世纪，沈海高速公路福安连接线赛岐互通口开通，赛岐人出行、货物运输更便捷了。从赛岐到福安市区只需 15 分钟；到省城福州也仅需一个半小时；到温州 2 个小时，到上海 6 个小时，真是"千里江陵一日还"了。

现在，福（州）温（州）高速铁路已修通，亮铮铮的轨道从赛岐港的南部铺过，从赛岐到湾坞福安客货火车站只需 15 分钟，这是赛岐港融入海峡西岸经济圈和长江金三角发达地区经济活动的又一条快捷通道。当赛岐人第一次听到火车鸣着笛声穿境而过，比起 50 年前第一次听到汽车喇叭声，更欢欣鼓舞、心潮澎湃了。

啊！充满魅力和生机的赛岐港，天上的彩霞，一天更比一天灿烂；江中的浪花，一天更比一天绚丽；劳动的歌声，一天更比一天嘹亮。

多彩过洋

◎ 叶子清

总有一种抹不去的记忆，总有一腔难以忘却的情怀。一踏上福安这块红色土地，就被其旖旎风光所迷住：蓝天白云下，青山绿水，树木葱茏；"凤凰亭"廊边，古道阡陌，鱼儿欢跃；文化畲宫旁，民居一新，古朴典雅、五颜六色的鲜花在树下绽放，共同编织出过洋的美丽容貌。

有人称之为"郭洋"，数百年前郭姓始祖首迁于此农耕定居，开辟一番田园，清代举人郭仪生于斯，为一方百姓做出贡献，故起"郭洋"村名纪念之。有人叫它"过洋里"，清乾隆年间，郭姓高就外迁，蓝、雷、钟姓始祖则从霞浦县盐田高山、宁德猴盾、坂中大林村相继迁此生活繁衍。亦有人美其名曰"柳洋"，春风杨柳万千条，"观音""牡丹"茶苗香。我却闻知它乃宁德地区首个引种"巨峰葡萄"，得习近平同志亲临且在《摆脱贫困》书中点赞的"过洋"畲族村。

时光在穿梭，汽车在奔驰。白露时节，秋阳骄艳，秋风和拂。我们重踏甘棠镇过洋村，探寻乡村振兴秘籍，但见葡萄挂满枝头，晶莹剔透；茶园层层叠叠，绽绿迷人，整洁的村道，宽阔的广场，清新的民居，古朴的宫祠，焕发出畲村的秀美和蓬勃生机。美丽的过洋村镶嵌于甘棠镇西南部，离镇3公里，辖有过洋、石壁头、岔栋、济池塈、野马塈、猴池等 6 个自然村，青山环抱，绿水绕行，耕地近千亩，人口千余人，畲族人口占百分之八十。

在陆路交通不发达的年代，曾经的过洋古道，是福安通往宁德的必经之路，一度商贾云集，店铺鳞次栉比。随着 104 国道的开通，繁忙的古道"官路"，逐渐变得冷落沉寂，经济也随之走向低谷。

这是块红色的热土，叶飞、曾志、阮英平等老一辈曾在这里播下革命的火种；这是块勤劳的热土，深深留下习近平总书记难以磨灭的足迹；这是块奋进的热土，凝聚着习近平总书记"滴水穿石""久久为功"的精神。穷则思变，时间追溯回 1986 年，过洋村老区人民敢于第一个"吃螃蟹"，摸着石头过河，在福安县民委的帮助下，毅然投入 6 万元，引进种植巨峰葡萄技术，并种植 30 多亩葡萄田，成为宁德地区首个种植巨峰葡萄的行政村，并一举试种成功。

1988 年 7 月，心系畲族群众脱贫致富的习近平，上任宁德地委书记不到一个月，就来过洋村调研。时任村支书钟祥应至今记忆犹新，并颇感自豪地说："习书记鼓励我们要发挥自身优势，开拓思路，走林、果、茶多元发展的道路，还在《摆脱贫困》书中赞扬我们'靠巨峰葡萄脱贫。1988 年人均收入 700 元。这应该说是卓有成效的。'"

几只飞鸟掠过蓝天，淡淡的云朵仿佛挂在浅蓝色幕布中，"天高云淡，望断南飞雁"的诗情画意，顿时浮现在眼前。过洋人凭借巨峰葡萄振兴经济，种植面积不断扩大。畲家青年葡萄种植能手钟菊春，致富不忘乡邻，手把手地教村民如何种植、防治病虫害，在他的耐心引领下，全村葡萄种植面积增至 60 多亩、果农上升到 80 多户。晶莹姹紫的巨峰葡萄深受消费者青睐，财源滚滚而来，勤劳的畲村农民从此摆脱贫困，走上富裕之路。1990 年，过洋村被国家民委授予"全国少数民族团结先进村"称号，钟菊春也荣膺"全国科技星火带头人"美名。

一花独放不是春，百花齐放春满园。如今，葡萄产业不仅在过洋村盛开经济之花，而且在福安市呈星火燎原之势，带来百村富，荣获"南国葡萄之乡"称号。赛岐镇象环村葡萄驰名八闽，畅销省内外；穆云乡溪塔村享誉"中国最美葡萄沟"；甘棠、松罗、晓阳等乡镇葡萄园点串成线，描绘成沿海平原标准化葡萄生产基地 3.8 万亩、高山晚熟葡萄生产基地 1.2 万亩，年产值 8.5 亿元，3.5 万农户增收致富。

走进甘棠镇过洋村，漫步于文化长廊，徜徉于整洁村道，随着了解的增多，我对过洋的红色含意有了更深的认识，其红色不仅彰显着不屈不挠的革命精神，更孕育着光辉灿烂的文明。"跟党走，听党话。"老区人民从未忘记该村"五老"雷恩第在闽东土地革命时期的事迹，时刻铭记着"敢闯为人先"的顽强拼搏精神。20 世纪 90 年代初，钟春明、兰成贵等人不愿停留在"葡萄经济"脱贫的程度，发现培育茶苗的效益更比葡萄高出几倍，又大胆铆足干劲，拓展致富新门路，相继成立茶苗农业合作社和茶叶种植农业合作社，不惜每亩投入资金 2 万元，租赁土地培育金观音、金牡丹、黄金芽等优良茶苗品种。

功夫不负苦心人。钟春明、兰成贵勇闯市场又获成功，茶苗远销广东、广西、云南等地，每亩利润高达 10 万元。曾经的建档立卡贫困户雷白细，通过种植培育茶苗，仅一年时间就摘掉贫困帽，吃上小康饭。2019 年，过洋人产业兴旺，农民人均年收入近 2 万元，过洋村一跃成为全国有名的茶苗繁育基地。

30 年前，过洋村满眼土坯房，机耕路狭窄坎坷，村道泥泞不堪，交通闭塞，信息匮乏，没有像样的支柱产业，农民收入低微，可谓吃不饱，穿不暖。而今，站在村口广场，放眼望去，夕阳下绿色、橙色交织在一起，构成一幅大美图画：葡萄园里，果农们面溢笑容；茶苗圃地，金观音、金牡丹、黄金芽茶苗长势喜人；涓涓流水的小溪旁，粉饰一新的民居错落有致。那古朴的畲家宗祠，那庄严的民俗文化宫，那具有畲家特色的壁画，无不让人感受到一番别有风格的畲寨风情，不禁让游客驻步欣赏，流连忘返。

说起过洋村的乡村振兴之路，村支部书记雷庄城深有感触："过洋村能有今天，功归党和政府的支持帮助。虽然我们引进巨峰葡萄成功脱贫致富，但我们也知道了科学技术的重要性，只有及时掌握新技术、了解新信息，跟上时代步伐，唱好山歌，才有今天过洋村的产业兴，百姓富，生态美。""假如我们没有听从领导'要发展一亩茶，一亩林，一亩果，多业并举，增加农民收入'的叮嘱，发挥自身优势，在发展葡萄、茶叶茶苗主导产业上做文章，也许我们至今仍停留在贫困线上，无法走上小康道路。"

斜阳渐渐西落，大家仍然沉浸在畲村的美景中。虽然只是短暂的走访，却目睹到老区人民正致力挖掘浓厚畲族文化，突出民族特色，筹建环山慢道，打造集山、水、田、园为一体，具有畲族民俗文化品牌的生态旅游村。让我看到一个生机蓬勃的多彩过洋，老区红色文化精神正在一代又一代的年轻人身上传递；让我看到"一粒果、一棵苗、一株竹、一棵树"的朴实发展之路，正使过洋村山川更加秀美、人民生活更加富裕。

如今的畲族过洋村，早已旧貌换新颜，犹如凤凰展翅飞翔。我相信老区人民一定会用勤劳的双手，在这块红色热土上描绘出更加绚烂的画作。

有霞之浦

◎ 郑承东

秋风渐凉。在黄昏的时候，一个人在家里听着老狼的歌，觉出一些沧桑。物是人非的流年总是夹杂着伤感。一缕昏黄的光铺在阳台上，抬起头眺望山那边渐浓的晚霞，忽然感觉心又暖了些——

听到了什么？想起了什么？那年！杨家溪流水香得醉意撩人。

我素来是没有酒量的。从来都是被动地喝酒，喝一点点的酒便是全身酡红。但在杨家溪的泛排应是自醉，而不是被醉。2009年，霞浦的好友汤养宗、谢宜兴、刘伟雄约了我和陈远君泛游杨家溪。那时的我们还年轻，只有憧憬，没有太多的负累。酒酣之后，便晕乎乎地上了排。睡一段，醒一段，看一段，再拍一段。

仙气飘飘的杨家溪，仙气飘飘的有霞之浦。所以，每次到霞浦，就如进了文韬殿堂，对老友与新朋都是心生敬意，不敢怠慢。霞浦是闽东最古老的县份。从晋的温麻县至清的福宁府，千年领骚闽东的独特气质令这方山水的人优雅之至。

一

摄影，有郑德雄领军的中国最美滩涂摄影群体。那时，我和他同任宁德市摄影家协会副主席。他一直有句颇为争议的名言：摄影的美就是要往"死"里做。他这句话的本意有人理解成艺术摄影的"美"就是完全要靠后期修图修出来。其实按我的理解，他的本意不仅是指艺术摄影的"美"一定要得到极致体现与表达，最重要的是要把家乡滩涂的"美"通过艺术摄影极致地表达出去。因此，在他的滩涂摄影里，"往死里做"其实表达出来的就是一种追求"极致的美"的审美，说通俗一点就是一种来自德雄君骨子里的"仙侠之气"。仙，表现为一种空灵之美；侠，即为豪放开阔之境。德雄君做到了：第一个带摄影旅游团，第一个做摄影民宿，第一个将摄影职业做成了一份产业。如今，他开的民宿总是高朋满座，多是来自世界各地的职业摄影爱好者。他硬生生地，将"我心中的那片海"带到了全国、国际。他自己，也硬生生地将爱子带成了职业摄影人。

二

关于音乐，霞浦的章绍同老师则是这片海的文化标签。章绍同老师是中国电影音乐的代表人物之一，自 1998 年以来，荣获第 18 届、第 23 届、第 29 届中国电影金鸡奖最佳音乐奖。和他的初识，是缘于他陪同著名词作家王健老师、交响乐作曲家郭祖荣老师到蕉城采风。王健老师是中国歌词界的大家，《歌声与微笑》《绿叶对根的情意》和《历史的天空》都是那个年代人的标杆记忆。虽已耄耋之年，王健老师却依然保持孩童般的纯真。每做一次决定都要征询章绍同老师与郭祖荣老师的意见，并且带着一小笔记本，认真做好记录。王健老师的歌词创作其实很多都缘于对传统文化精粹的汲取。在霍童、外表和贵村，她每到一地，最关注的就是古厝门前或厅堂的楹联，而且都很认真地抄录。在支提寺，王健老师要抄录寺院里的对联，她很虔诚地征询寺院住持慧净法师的同意。由于口音的差异，章绍同老师会逐字逐句地传译给慧净法师。章绍同老师一路细心地照顾着王健老师，那些呵护的细节至今令我难忘。

关于做学问或艺术，王国维曾经说必须经过的三种境界："昨夜西风凋碧树，独上西楼，望尽天涯路"为第一境界，"衣带渐宽终不悔，为伊消得人憔悴"为第二境界，"众里寻他千百度，蓦然回首，那人却在灯火阑珊处"为第三境界。我辈可能还都在即将跨入第一境界的边缘。而章绍同老师已是跨过这三境界之大家。他创作的歌曲作品《等你》，歌咏无名英雄蔡威，经由著名军旅歌唱家王宏伟演唱，荡气回肠之间，却也是催人泪下。

三

这是江南深秋平凡的一天，我刚刚剃去满头的白发。低头看着满地的银丝，才想着又老去了一岁，有了一丝的懈怠。回到办公室，看着还在忙碌的同仁们，那是一张张年轻而又阳光的脸，对未来的憧憬都写在他们对我温暖地寒暄中。

关于"闽东诗群"，关于汤养宗、叶玉琳、谢宜兴和刘伟雄，其实他们的诗歌都是一种"温暖地寒暄"。

水兵出身的汤养宗，修长的身材、粗糙而黝黑的皮肤、散乱的头发经海风一吹，自有一番酷酷的明星范。就是这副"放浪"的形象，不知被哪位摄影师给抢拍了，也成了养宗兄最爱用的一幅标准照。酷酷的养宗兄，酷酷的海洋诗，自是迷倒了一大片粉丝。在 20 世纪 90 年代，我的一位女同事，就把他的这幅"标准照"嵌在办公桌的玻璃砖下，天天看着。后来，我把这事告诉了养宗兄，他就非要见这位"玻璃砖"粉丝。不让他见，反倒成了一份念想。

> 我父亲说草是除不完的
> 他在地里锄了一辈子草
> 他死后，草又在他的坟头长了出来（《父亲与草》）

这是养宗兄最通俗的一首诗。其实读养宗兄的诗，大多数人是读不大懂的。读不大懂，又吸引人想读的诗风，在我看来，这是养宗兄与生俱来的偈语式语感的鬼魅之处。一位好友有趣地说，读他的诗，感觉不是和人说话。我说，这就对了。不然，他怎么会《去人间》，他就是一个正走在去人间路上的神仙。他的诗集《去人间》获得鲁迅文学诗歌奖的熏风，足足要让他回不了人间好一阵子。

他在《去人间》的路上曾经说"诗歌给了我这辈子一事无成的快乐。这是真的。"

牧归的少女
一手提着草裙
一手提着夕阳（《沙田》）

初读这句诗，强烈的画面感至今让我念念不忘。我可以想象这位诗者的主人应该也是一个摄影家。只可惜，这是一位半辈子都在写诗的"大地的女儿"，她的名字叫叶玉琳，霞浦籍人氏。据她自己说，母亲是一名很传统的小学教师。她在读小学三年级时，就被母亲规定：假期每天必须背诵两页新华字典。高中毕业后，她到一所偏僻的乡村小学当教师，边自学中文大学课程边开始了诗歌创作。第一本诗集《大地的女儿》曾获得首届鲁迅文学奖提名。

"那些用文字的纤维连接起来的细部，柔软，宁静，辽阔，几乎抵达了生活与情感的每一条纹路。可以说我对你的诗歌是一见钟情，并一发不可收拾地遭遇了你诸多的'海水'，没想到你写了那么多与海有关的诗，特别是组诗《海边书》，那里充满了海水飞溅的气息……你让我知道了什么才是从海水中生长出来的诗歌，我把'海的女儿'的称谓归你了。"一位记者在访谈玉琳君时，如此开场白。

现在，玉琳君已是宁德市文联主席。热衷于为各文艺协会服务，为文艺家们提供一个温暖的家，这成了玉琳君内心最温馨的"诗"。宁德市文艺家创作基地如今已经坐落于中心城区。挂牌前几天，看她细到走廊间字画的张挂和每一间活动室会议桌及办公用品的安放她都是左瞧右审。我说，你这是完美主义者，亲力亲为，很累。她说，没办法，性格如此。或许，她也将工作当成了诗的行为艺术，力求有品质。因此，有一位学者在和玉琳君访谈时说，我个人非常喜欢"品质"这个词，这个词用在你和你的诗歌上我觉得特别地合适。

在写这篇稿件的时候，我遇到了一件很悲伤的事。在某个秋日的早晨，我开车到单位上班，遇见一位有一年多没见的老哥，我邀他到我办公室聊了一个多小时。十多天后，他的孩子给我发微信说：老爸昨晚脑出血，病危！那一瞬间，我第一反应是想起了那一天的邂逅，难道是老天的安排？内心一阵阵不祥的预感终成了现实。过了几天，老哥走了！生命就是如此这般，在不经意地邂逅间其实已经暗藏了很多的玄机——让你遇见，让你忘却，让你恍然，让你大悟。

我和宜兴、伟雄兄之间，也有过一段关于"云气的遇见"，但那是有缘有果的关于诗的遇见。

宜兴、伟雄兄是"闽东诗群"的标杆性人物。在一些诗歌圈里，或许因为他们大都形影不离，因此在中国诗歌界人称：诗歌兄弟。而宜兴君自己，也有一对"小兄弟"——生有"双胞胎"得名：谢天、谢地。宜兴兄就职于新华社福建分社，2007年，有过在北京新华社总社跟班一年的经历。因此，便有了诗集《北京日记》。有一天夜半，我在他的博客中看到一首想念谢天、谢地的诗，瞬间就让我有些泪目：千里万里你们始终是我回家的道理/……所有文字都无法表达我对你们的爱，儿子/我无数次问自己我们是如何在上辈子结下/今世的因缘，为你们我不知如何感谢上苍/隔着万水千山想念你们，我的想念/比千山万水还要重峦叠嶂深厚绵长/而今夜我只想像一片月光或一只提着灯笼的/萤火虫，悄悄照亮你们的梦乡/当明天你们醒来的时候，

伸一伸懒腰/唱两声"布谷""布谷",春天就来了（《两只小布谷——写在谢天、谢地十四岁生日》）

宜兴兄和我们在一起，大都不谈这对"小兄弟"。其实男人之间，可以谈的，大都是可以共享的谈资；不谈的，大都是最珍贵的，都藏在心里，自己独享。后来，关于孩子，关于为人父，他又有了让我们更惊讶的发现——《我想我还应该有个女儿》：我想我还应该有个女儿/……就像我只是"谢天、谢地"的父亲一样/上帝啊，我为什么如此地贪心 /你已赐给了我两个多么好的儿子/可我还想应该有个女儿/还想如果没有女儿，今生/我只是做了一半父亲。

宜兴兄长得白白净净，大多时候是微笑着的。很多事情他看似一笑而过，其实是个很感性的男人。关于父亲、关于孩子，在他的诗里占得比分不多，但却是最感动我的。

伟雄兄人长得高大魁梧，因此我爱叫他"伟哥"。他和养宗、玉琳及宜兴君不同的是：后三人虽然走了仕途，但从事的职业都和文化、文学与诗歌有关，唯独他从事的是和诗歌截然相反的职业——税务官。半辈子都在替国家收纳税人的钱，也依然半辈子都在坚持写自己内心的远方。因此他和我们在一起时，常常是带着一些税务官的冷静，又带着一些诗人的忧郁的混合气质。但他的独特之处在于，在托腮沉思处时常会微微一笑，带一些幽默化的调侃常常入木三分，妙语连珠。他的诗歌也是如此。他爱旅途，时常一个人踟蹰于大地之野。冷静的白描处，时常话锋一转，别有洞天。我一直喜欢具备流浪或旅途题材的文学形态。因此，伟雄兄早期的诗集《苍茫时分》，至今让我念怀于心——

飞扬的尘土把秋天的烈度/又提升了许多倍/这群马儿/一定是从夕阳里奔出的赤子/把梦想从天庭拉回了人间/……风舍不得吹乱纯粹的狂欢/轻轻一瞥就凝固了依依的眼神/塞北的底色北方的黄昏/那是

多少人默默向往的真实人生 （《塞北黄昏》）

2006年3月2日，我和陈远、宜兴、伟雄兄陪同福建省文联副主席、著名散文家陈章武先生到蕉城九都云气诗滩的一场遇见也是"苍茫时分"。

这河滩上十多首古诗镌刻在乌石上构成了人文自然相协调的美景。其时，正是宜兴、伟雄兄合办的《丑石》诗刊在诗界热火之时。看着河滩上的石头诗，陈章武老师玩笑地说，这里就是"丑诗"诗社的发源地与朝圣地了。后来，大家都接着话题说，那将来可以把闽东诗群的诗都镌刻在这片石滩上。宜兴兄回去后便写了一篇随笔在《福建日报》副刊刊发。那篇随笔篇名就叫《浣诗滩》。

那次的遇见，经历了二十三年的时空穿越，那暗藏的玄机便神奇般浮出水面。

2019年5月13日上午，"青春回眸·宁德诗会"在蕉城区九都镇云气村正式启动。来自全国各地的著名诗人、"闽东诗群"诗人以及评论家代表齐聚云气诗滩。宜兴、伟雄兄重游故地，不禁感叹于那次的遇见是如此的神奇——《诗刊》社把云气诗滩命名为：中国第一诗滩、闽东诗群的代表作品悬挂于河滩兼葭中的"诗歌步道""青春回眸·宁德诗会"创作的三十首现代诗作品镌刻于诗滩上。

当然，中国第一诗滩——云气诗滩遇见的玄机，其实是有赖于"有霞之浦"的诗人们与诗的"遇见"。他们用一辈子的时光珍惜了与诗宿命般的"遇见"，宿命的回报自然是霞光浦照。因此，这片海的光影从来都是最靓丽的。

等你在新城

◎ 吴　曦　陈诗雯

一张照片与一首古诗

霞浦县福宁湾围垦工程指挥部会议室里，悬挂着一张巨幅照片。据介绍，这是 2002 年 4 月，时任福建省省长的习近平亲临该围垦工程工地时的情景。

采访中，我们意外听到霞浦一位古代文化名人的故事，为我们打开了一扇现实与历史相连接的窗口。这是福宁湾围垦工程指挥部副指挥兼办公室主任刘岳龙告诉我们的。刘主任毕业于福建师大历史系，对霞浦历史文化颇有研究，提起霞浦历史上的人和事，他如数家珍。他说，唐乾符年间，中国楹联先师陈蓬曾在松山之巅修道。陈蓬号白水仙，长年生活在松山一带，对这里的海湾、河流、岛屿、沙径、田畴了如指掌。一天，陈蓬站在山头俯瞰山下心生感慨，高声吟道："东去无边海，西来万顷田；东西沙径合，朱紫出其间。"他预言，大海潮汐作用所形成的松山岛边向西伸展的沙径，长溪、罗汉溪灌溉的田畴造成的水土流失和溪流带来的泥沙所形成的从陆地向东伸展的沙径，这东边的沙径和西边的沙径一定会合拢的。东西沙径一旦合拢，松山岛就与陆地连在一起了。

1000多年前的预言在今天成为现实。

当历史与现实相互碰撞的瞬间，不只是火花一闪、灵光一现，更是一声摧枯拉朽的巨响。因为这是霞浦乃至整个闽东地区有史以来的一次壮举。正如时任省长习近平所言，是一次"跨越式发展"。福宁湾项目建设成功之时，便是滨海新城诞生之日，且势必成为海峡西岸一颗璀璨的明珠。

无疑，时任省长习近平亲临福宁湾围垦工地以及他掷地有声的话语，极大地鼓舞着53万霞浦人民，也为福宁湾围垦工程注入了无限生机与活力。

一个信念与一条长"路"

如同一部交响乐，要有前奏曲，一部长篇小说要有楔子或引言一样。福宁湾围垦工程也不例外，也有一个长长的"铺垫"过渡和筹备过程。从1989年拉开福宁湾围垦项目运作的序幕后，历经四番环评，三次报批，二度开工，前后经历了整整19年。

2001年11月第一次开工，当时的《霞浦报》发了一条题为《筹备路漫漫，梦圆在今朝》的报道。到2008年第二次开工，距1989年可就是整整19年了，真可谓漫漫长路呀！19年来，霞浦的决策者和实践者们经历了多少起起落落，曲曲折折，酸甜苦辣，但没有气馁、退缩、放弃。他们凭着一种信念，一种执着和担当，筚路蓝缕，百折不挠。

雁过留声，抓铁有痕。在19年的漫漫长路上，他们留下了深深浅浅的脚印。

工程的每一次搁浅和每一次的重新开工，由于时间，环评、工可、概算、工程造价、设计标准均发生变化，必须重新编制、修编、申报。这无疑是在考验决策者和建设者们的耐性、韧劲和心力。他们为此一次次探讨研究，一次次加班加点，一次次上下奔波。他们为此流淌了多少汗水，咽下了多少委屈。

采访中我们了解到这样一件事。一次，工程指挥部的一位负责人带着助手小刘到省城办项目。清晨五点，他就躺不住了，叫醒了睡得正香的小刘，夹着黑提包，在路边摊买了 2 个馒头，便急匆匆赶到相关部门。两人登上相关部门办公楼层时，还不到八点。见办公室的门都关着，就蹲在门口一人一个馒头香甜地啃起来。正啃着，旁边一个办公室的门"吱"的一声开了。他推了小刘一把，把半个馒头装进口袋里，几步跨进办公室。还没等他开口，那人就说："我还有急事要办，你们先在这等等吧。"两人坐在办公室左等右等，等到中午 12 点那人才姗姗来迟。结果他们的事情还没有 2 分钟就了结了，弄得两人啼笑皆非。

向我们讲"故事"的这位工作人员深有感触地说："像这样的故事一抓一大把。"

2008 年 3 月，省发改委批准福宁湾围垦工程重新开工建设，至此，工程第二次进入实际施工阶段。

整整 19 年，筹备路漫漫。

19 年来，有多少人为之牵肠挂肚，念念不忘；有多少人为之四处奔波，尽心竭力；又有多少人为之废寝忘食，呕心沥血。

福宁湾围垦工程之所以能够顺利开工建设，靠的是霞浦县从决策层到实践者，再到普通百姓矢志不渝的信念、百折不挠的勇气和脚踏实地的精神。

一道长堤与一方水土

站在福宁湾围垦工程的 10 里长堤上，仿佛站在巨人的臂膀上。臂膀从北向南延伸与三面环山形成一个拥抱姿势，拥抱着一方水土，一座新城，一个未来的梦。

福宁湾围垦工程分两期进行，第一期围海工程，建设规模为北起松山南至南岐山的一条长 5434 米、堤顶高 8.6 米的海堤，以及海堤南北两端的排洪闸、纳潮闸各 1 座。据了解，垦区海水最高潮位为 13 米，水下淤泥层平均 18.6 米深。要在这样的地方建一条 10 里长堤，其艰难程度可想而知。如古人所言："围海、告官、打虎一样难。"又如俗谚所讲："围垦围垦，十围九难。"隆德集团顾问、福宁湾围垦投资发展有限公司副总经理许超英告诉我们，福宁湾围垦工程是目前福建省在建的最大围垦工程，是在 22.6 平方公里的土地上耕耘，工程施工不但要围着太阳转，还要围着月亮转。每天昼夜施工，有时每天要施工 16 至 18 小时。许总向我们展示了这样一组数字：工程需要 96 万个工日、1051 万立方土方、177 万立方石料、47 万立方海泥、55 万立方海沙，还有钢材、柴油、水泥、木材等。这一连串天文数字让我们目瞪口呆。数字是枯燥乏味的，但又是甜美芳香的，这是汗水和心血的结晶啊！

许总话语铿锵地说："这一切，需要一年、一个季度、一个月、一个星期地计划，一件一件地落实，一件一件地完成。"

我们的面前呈现出这样一个场面：参建各方 23 个施工单位的人马按各自的职责，分布在 10 里长堤上。长堤从南北两端向中心延伸。北岸海堤施工的石方填料取自松山石料场；南岸则取自南岐山石料场。为了加快步伐，建设者们冒严寒，顶烈日。尤其是盛夏，火辣辣的太阳悬在尘土飞扬的工地上空，施工现场没有任何遮挡，太阳直射下来，地上就像着了火，蒸腾的水汽似雾非雾低低浮在空中。施工便道上，车辆驶过扬起高高的尘土，与那水汽连接成一片灰沙阵，烫脸烫手，让人喘不过气来。尽管天气热得发狂，施工现场仍然热火朝天。

2011 年 11 月 16 日，这是霞浦从上到下等待已久的日子，也是工程建设者们翘首以盼的时刻。300 多人站在南北两端的堤岸上，等待施工的十里长堤顺利收官，展现完美身姿与风采。时间一分一秒地逼近。下午 6 时，随着最后一辆自卸车把满满一车的山土倒向堵口，人群中爆发出山呼海啸般的欢呼声和掌声，围垦工程海堤堵口合龙、闭气成功了。这是继同年 6 月 30 日北岸水闸、8 月 10 日南岸水闸顺利通水后的又一个重大节点目标如期实现。喜悦伴着欢声笑语，自豪写在每个人的脸上。

据了解，我国沿海海堤堵口合龙一次性成功率只有 60% 左右。福宁湾海堤堤线长且全线软基，垦区面积大且面对敞开式海域，合龙闭气一次性成功在我省尚属首例。

台风、洪水是围垦的头号天敌。狂风卷着巨浪袭来，浪花飞溅，卷起千堆雪。2012 年第 4 号强台风"苏拉"的汹汹来势；是福宁湾海堤堵口合龙后大自然对围垦工程的一次严格验收。决策层和建设者们早已严阵以待，做好方方面面的防范工作，每天全天候对海堤沉降、位移情况进行定位观测及数据分析。终于，十里长堤岿然不动，安然无恙，通过了大自然第一次的严峻考验与严格验收。

在福宁湾围垦投资发展有限公司总经理王万红的办公室墙上，有一幅围垦工程规划图。他心中有更细的图。每天，他早早起床，顶着海风来到施工现场，了解开采、挖掘、运输及填方、挤淤等情况。而后，他又急步赶到调度指挥系统，询问、研究、决定、指令。当天急需决定的事情，他吃早饭前就完成了。接着，他就泡在工地，协调、解决各类具体问题。他虽中等身材，但是，走路是那么迅捷。人们觉得他总是赶啊，赶啊，好像有赶不完的里程。

许超英，这位由政府行政人员华丽转身加盟隆德集团的公司副总经理，人们说他是在原先的专业岗位带来的"大海情结"。他大半辈子的工作都与海洋和水产有关。他主管海堤及垦区工程建设。在人们记忆中，他没有休息日。他死死抓住进度、抓住质量、抓住安全不放。他常与大家一起，设法突破难关，解决问题。晚上，也常见他到施工现场抓质量、问安全。想到一个问题没落实，半夜他也会爬起来奔出门。他感慨地说："我身上有一份沉甸甸的责任啊！"

一座新城与一个梦想

走进福宁湾围垦工程指挥部规划展示厅，我们可以看到悬挂在墙上的福宁湾滨海新城总规图、详规图和项目意向图、项目规划意向图、效果图等。尽管这些各种各样的规划图只是按一定比例绘制的，但每一座建筑，每一片绿地，每道溪流，每条街道，甚至是每一条小巷都清晰可见。这种展示旨在让人们共同参与，因此，在色彩的运用上更是别具匠心。清新幽远中调和进了共同参与的喜庆色彩。整个规划的所有场景、标志建筑等传递出的信息，给人一种身临其境的感受。面对那极富层次感、风格各异、格调高雅、具有现代气派的住宅群，那极具标志性的大型购物中心、五星级宾馆、步行街、市政广场和行政中心区，那体现"生态人居"的大片绿地、湿地、十里长堤、人造湖泊、现代休闲农场和度假旅游区、海滨浴场、水上公园以及产城互动的闽台产业园区，人们不禁要问：这就是未来的福宁湾围垦项目的成果吗？是啊，这就是明天的福宁湾滨海新城！

英国著名的经济学家布莱基说过一段很有意思的话："组织得好的石头能成为建筑，组织得好的社会规则能成为宪法，组织得好的事实能成为科学。""组织得好"——这便是福宁湾滨海新城决策者们系列思维中的推进杠杆。在他们眼中，城市不只是若干居住空间的组合。在一方方"水泥积木"之间，流通脉络，配套设施，成为连接骨骼的肌腱和韧带。几万人拥进城市要水电，要道路，要市场，孩子要上学，看病要上医院，工作累了要休闲，年纪大了要养老……这个繁杂的系统配套工程无一例外地需要资金开路。更何况这是一座现代的新兴城市，需要大量的运作资金。他们以"政府筹措专项资金带动企业和社会共同投资"的运作机制，为这座新生城市的建设"输血"。

他们以更加开放和前瞻的眼光，对这座滨海新城进行重新定位。

在他们看来，一座成功的具有活力的城市，应该是自然禀赋与生态环境的最佳结合；应该是一个心灵开放、自由体验的理想平台，即"生态人居"。你看，福宁湾项目34000多亩区域，只有2000多亩建了住宅，高达16:1的绿化率。同时在项目区内建造海景、湖景、路堤森林、湖滨公园，组成最大的海湾氧气场，可谓用生态呵护生命啊！

福宁湾围垦工程指挥部总指挥、霞浦县政协副主席胡屏辉告诉我们，该围垦工程是国务院批准的滩涂围垦综合开发项目，也是福建省在建重点建设项目。项目建成后，将有效提高霞浦县耕地保有量，发展县域经济，储备生产和建设用地资源，发展现代农业，拓展城市发展空间，实施县域"东扩、南移、临海"战略，在实现全省土地占补平衡方面具有重大意义，也为城区防风、防汛、防涝提供可靠的安全保障。

整个项目建设由海堤工程、垦区农业土地开发整理、城市建设造地项目以及南北二级配套渔港等工程组成，即滨海新城、闽台产业园区、休闲度假旅游三大板块。三个板块既各自独立又连成一片，互为支撑，形成以城促产，以产兴城，产城互动的态势。

垦区面积34000亩，实际造地26460亩，其中2600亩为建设用地，23860亩为农业用地。第一期海堤建设完成之后，就进入第二期的项目区域开发阶段。位于滨海新城核心区域的2600亩"非农"建设用地也已完成路网、边界及地块的填方。二期房建的帷幕已经拉开。

胡总指挥如数家珍向我们介绍时，满脸喜悦与自豪。

滨海新城，未来不是梦。

到时，新城将会张开热情的双臂，面对四海宾朋高声欢呼：来吧朋友，等你在新城！

"三棵树"缘

——黄振芳家庭林场散记

◎ 肖林盛

后洋很小，只是周宁县七步镇里的小山村。

后洋很响，习近平总书记曾在这里种下三棵树。

后洋很美，一帧山村振兴的七彩照耀眼夺目。

初夏的清晨，站立在"金蟾石"上，远眺正对面的后洋村，四周森林簇拥，溪水蜿蜒而行，民房鳞次栉比，色彩鲜艳迷人。后山是延绵不绝的绿荫，郁郁葱葱，散发着舒心的凉爽。阳光像一缕缕金色的细纱，穿过层层叠叠的枝叶，洒落在草地上。林中的鸟雀在欢快地飞翔着、鸣叫着，叫声在微风中久久地回荡着。盆地中的后洋怎不是一幅世外桃源的水彩画？朝阳下的后洋村，广场里耄耋撸须畅谈，里弄中垂髫穿梭嬉戏，茶山上村姑欢歌笑语，树林下闪现着男子的忙碌身影。后洋的村民们正徜徉在"采菊东篱下，悠然见南山"的甜蜜日子里。

一

20世纪80年代初，后洋村流传着"抬头见荒山，吃穿奔波忙。

年关口袋紧，父母焦心肠"的顺口溜，其实这也是后洋村当时的真实写照。

谈起后洋村的蜕变过程，自然离不开后洋人永生难忘的"三棵树"。平平凡凡的三棵树究竟有何奥秘，怎能让该村百姓如此难以忘怀？这得从黄振芳家庭林场说起。1983 年，后洋村年逾半百的黄振芳，面对温暖难却以保障的困惑局面，通过看报纸听广播悟心经，多日不眠之夜的煎熬后，决然带领全家开垦荒山造林。虽然当时家里人不理解，但黄振芳一再坚持着，植树造林的过程中，面对造林过程中出现的技术、经验与气候等诸多困难时，黄振芳也曾在退却与坚持中彷徨犹豫过。后来在政府有关部门的关照扶持下，终于贷款 8 万元造林 50 亩，可谓是初见成效。与此同时，黄振芳在不断造林的基础上，还在速生林中套种马铃薯、魔芋、生姜等经济作物。三年后，黄振芳和家人铆足劲共造林 1207 亩，家庭经济收入逐日见好，成了周宁县当时有名的"造林大王"，黄振芳家庭林场的事迹，从此也就远近闻名，小有名气。

为此，习近平时任宁德地委书记期间，曾三次到黄振芳家庭林场调研。

《摆脱贫困》一书中记录着习近平这样一段话语："周宁县的黄振芳家庭林场搞得不错，为我们发展林业提供了一条思路。"当年，就是这样的话语，让周宁县乃至整个宁德地区，兴起了一股造林热。山上造林，林下发展特色经济，成了当时山区村民致富脱贫的"金钥匙"。采访过程中，在村委楼前遇见 92 岁的黄振芳，虽然他头发花白，体稍消瘦，但还算硬朗。谈起当年垦荒造林的事，思路依然清晰，看到当下后洋人林下经济的风生水起之势，倍感欣慰。回忆当年，黄振芳感慨地说："那时候几乎每年都下几场雪，山头经常封冻在冰雪之中。我们父子三人，每天都冒着严寒上山，扒雪堆、敲冰块、挖林穴。"望着村庄四周滴翠延绵的绿海，黄振芳欣喜地对我们说："习近平当年种下的三棵树让我永生难忘，他的关心和鼓励给了我和其他后洋人莫大的鼓舞与信心，使我们一直坚持再坚持着。如今展望野外，山头变绿了，树木参天了；山里野猪多，穿山甲见，山兔跑，白鹭归，生态和谐无比，环境清幽清新。看着一代又一代后洋人爱绿植绿护绿，从林业发展中创业脱贫，过上小康的幸福生活，真的要感谢党的英明远见。

二

后洋村党支部书记张汶君告诉我们，目前后洋村全村总人口144户585人，林地面积在原来的基础上，扩增到7307亩。昔日黄振芳建起家庭林场，种植茶叶、毛竹等经济作物的做法，成为当下攻坚脱贫的样板。如今，后洋村在脱贫致富中，深入探索林养、林种、林游相结合的产业化发展模式，充分整合资源，有效推进发展。并将黄振芳家庭林场打造成了集林业产业、生态养生、观光游憩等融为一体的"林园综合体"，实现了森林资源保护和利用的有机统一。

据了解，如今村里许多原来外出打工的年轻人，近些年也纷纷回乡创业，或经营茶叶、种植葡萄；或林下养鸡、山中养兔，各显神通，积极探索着林下经济的发展之路。

黄传融是黄振芳的大儿子，是后洋回乡创业的代表之一。村支部书记张汶君告诉笔者，从黄振芳到黄传融，父子两代人都与林业经济结下不解之缘。正在葡萄园里除草梳枝的黄传融，见到我们一行的到来，放下手中的活，热情招呼，告知种植的葡萄预估今年可采摘400担。同时还引进种植新品种了"阳光玫瑰葡萄"与红心猕猴桃，目前长势良好。"我除了种植葡萄、红心猕猴桃外，还在林下养蜂200箱，年产蜂蜜2000多斤，仅蜂蜜这块年收入可达15万元。实现了林下资源提升、产业增值。"黄传融传递着满满的信心。

种下梧桐树，引得凤凰来。生态环境好，招商引资就不在话下。

在村头，福建三杉高山冷凉花卉研发种植项目场地上，工人们紧锣密鼓地整理工地，搭建大棚。据了解，该项目是县里花卉的重点项目之一，现规划面积 200 亩，预计总投资 5000 万元，分三期建设，主要培育比利时杜鹃、多肉等花卉苗木产品。到 2020 年计划投资 1000 万元，建设智能温室大棚 17 亩，拟对组培楼进行装修并投入设备试生产，直接带动 100 多人就业。

周宁和谐牧业有限公司经理赵永斌告知，2017 年公司正式落户该村。目前共有员工 30 多人，引进澳大利亚奶牛 700 多头，时下日下仔 10 多头。预计明年可产牛奶 7000 多吨。随着公司的发展壮大，以及效益的提高，给该村带来的一定是一笔不小的资金。

据包村干部介绍，村里先后筹集资金 1000 多万元，全面推进美丽乡村建设。新建旅游集散中心、修建沿溪水榭，采用 3D 立体墙绘对房屋进行全面改造，促使村子蝶变成青山环绕下的"七彩后洋"。为了将村庄和林场连接在一起，该村还硬化了林场机耕道，铺设了林场观光健身步道，并新建展示厅、休憩亭、停车场等配套设施，进一步提升林场旅游承载能力和综合管理水平，村林融合变成了独具魅力、生态宜游的康养基地。

"自从村里发展了乡村游，游客越来越多。我也将自建新房进行简单装修，办起了民宿。"张汶铅说，像张汶铅这样乐享乡村游"红利"的群众在后洋村越来越多，村民们的腰包也越来越鼓。2017 年，全村 25 名建档立卡贫困户全部顺利脱贫，2019 年村民人均纯收入超过两万多元。

绿色在生活中洋溢，希望在绿色中放飞。从村巷里飘出"绿色成龙，农旅交融。党心铭记，精彩如虹。温饱超越，创业争荣。自强不息，脚步从容"的顺口溜，在村中的古树稍上荡漾，道出了村民们的幸福心声，也清晰地刻画出了弱鸟先飞的新气象。

三

你听过/黄河奔流的朗声/你见过/黄河向前的狂姿/黄河总是那样/巨变中奔腾不息/向海目标始终如一

希望中辛勤耕耘，忙绿中收获希望。三棵树与黄振芳个人，与后洋村全体村民乃至整个周宁，均结下了不解之缘。2017 年以来，周宁县植树造林绿化完成面积 16719.8 亩，森林抚育完成面积 44134 亩，村庄绿化完成面积 380 亩，以森林覆盖率 72.82% 的丰厚家底获得了"福建省森林城市（县城）"称号。昔日黄振芳眼里的"绿色银行"，成了当下周宁人脱贫致富的"金钥匙"。"三棵树"缘，不仅烙印在后洋村民心里，而且激发千千万万的山区百姓在学中效仿，在仿中延伸。近年来，周宁县围绕"绿水青山就是金山银山"的决策，对全县进行了科学规划，因地制宜，整合资源，发展林下套种铁皮石斛、林下养蜂、乡村牧场、花卉基地等产业，形成"林养、林种、林游"相结合的发展模式，为贫困群众提供了许多就业岗位，有效推进了全县乡村振兴的发展进程。

在采访中了解到，县政府还充分发挥科技特派员的作用，加大对林农的资金扶持，技术培训，推动以林下种植、林下养殖、林下产品采集加工、森林景观利用等为主的林下经济发展及花卉产业发展，争取省级林下专项资金 910 万元，补助各类林业专业合作社和林业新型经营主体发展林下经济项目 54 个，引进花卉苗木生产企业 12 家，支持建设省级现代花卉大棚 4 家，带动大批群众增收致富。目前，后洋村、吴山底村、梧柏洋村等 3 个省级森林村庄，充分利用森林资源发展乡村旅游，将生态优势转化为发展优势，从而享受到"绿水青山就是金山银山"释放出来的红利，林下经济发展也无疑成了当地村民脱贫致富的一剂妙方。

四通八达乘东风

——宁德撤地建市二十年交通发展感言

◎ 陈孔屏

从小生活在宁德这座东南沿海小城，原先城市很小很小，对这里的人和物熟悉得不能再熟悉了，感觉自己似乎与小城融为一体了。然而，近年来宁德的快速发展与变化，常令我这个本地人应接不暇。

前些日子，与朋友聊天时听其感叹，宁德变化真是太大了，光是城区就有六个高速公路互通口。乍听这话，我很震惊，因为退休后深居简出，少出门，印象中的高速公路互通口只有通福州的"宁德南"与通福鼎、温州的"宁德北"。朋友见我将信将疑，便说道，新建的高速互通口那是一个比一个气派、漂亮，不信你可到实地看看。

好奇心被拨动了。今年初夏里一个艳阳天，正逢休息日，我和家人一起驱车上高速，专程把宁德市区六个高速公路互通口一个不漏地看一遍。六个高速互通口？一个小城市居然有六个高速互通口？外来人肯定会觉得不可思议。连我这样从小生活在宁德的土著居民，听到这消息内心也为之震撼不已。

我们先从宁德南上高速，南行至三都澳互通口下高速，开到老104国道高处的路边停下，我伫立于高坡，眺望良久，只见沈海高速公路与新建成沈海复线，加上温福铁路，如同三条巨龙飞腾于宁德山海间，其气势让人震撼。

相形之下，原先作为闽东交通主动脉的 104 国道，只是一条弯弯曲曲的小路，朝飞鸾岭一侧蜿蜒而去，仿佛有人在用苍老的嗓音，诉说着往昔的时光。

宁德地处福州与温州之间，因为贫困，曾被称为中国黄金海岸断裂带。在很长的一段时期内，连接宁德与福州、温州，让闽东人走出重重大山的只有一条号称 104 国道的低等级公路，公路盘山而过，弯弯绕绕，狭窄坎坷，修通后很长时间内是沙土路面，车开过尘土满天，直到 20 世纪末才改造为沥青路面、水泥路面。我上初中时，宁德县城去福州每天只有清早一班汽车，下午返回，班车前排几个座位都留着给县委应急用，等到快开车时才把票卖出。路难走，宁德到福州要走四个多小时。后来福州北岭公路通了，去福州近了一些，但路途变险峻了，北岭加上飞鸾岭，福州到宁德一路上不少地方险峻得让人心惊肉跳。那时宁德招商引资极难，有关方面曾在福州热情招待外商，趁着夜晚客商喝醉了看不清路况，连夜将客商带到宁德，天亮后客商返回时才发觉山高水险路难走，便取消了投资意向，说赚了钱也得有命花。

新世纪钟声敲响，撤地设市如东风吹拂，让宁德发展赶上了快车道。沈海高速宁德段全线通车，打开了闽东交通的瓶颈。去福州从以前的四个小时缩短到一个多小时。尔后温福铁路建成，每天有几十列动车经宁德北上南下，乘高铁宁德到福州只要半个多小时。紧接着宁德至武夷山的宁武高速建成通车，强化了沿海与内陆的联系，扩大了天然良港三都澳的辐射面。为适应港口大开发的新形势，沈海高速公路在市区开设了"宁德南"与"宁德北"两个互通口后，又在南部飞鸾附近增建一个"三都澳"互通口。随着国家经济快速发展，作为中国沿海大动脉的沈海高速公路十分繁忙，进入满负荷运转，国家及时出手修建了一条与沈海高速并行的高速复线，位于市区东面的"宁德东"互通口便应运而生。而随着宁德至古田高速开工建设，为了支持宁德时代新能源等企业，与宁古高速相配套的"宁德西"高速互通口提前建成投入使用。同时，与上汽宁德基地相配套的"宁德汽车城"高速互通口也快速建成投入使用。

实地体验，眼见为实，宁德南、宁德北、宁德东、宁德西、宁德汽车城、三都澳六个高速公路互通口都已建成，而且如此宽敞、壮观，令人感叹不已。作为一个地级市，城区居然有六个高速公路互通口，有两条平行的高速公路经过。交通的飞速发展，是撤地设市前宁德人做梦也想不到的。

除了沿海高速公路外，作为海西高速公路网的一部分，连接京台高速与宁武高速，经过古田与屏南两个山区县的高速公路连接线已建成通车，寿宁至浙江泰顺的出省新快铁通道也即将通车。宁德市全境已实现县县通高速，高速公路形成网络。

在宁德汽车城互通口下了高速，见时间还早，我们又开上新修建的六车道通港公路，到面貌一新的漳湾港码头看看。在原有万吨码头的另一边，新建了一个与上汽宁德基地配套的万吨码头，在不到半年时间内将一座山头削平，建成一个巨大的可停放大量待运汽车的货场，其规模与建造速度都让人惊叹。返回路上，我们看到了正在紧张兴建中的衢（州）宁（德）铁路及直通上汽宁德的专用线，衢宁铁路2020年9月已通车，宁德通向内陆新增了一条大通道，上汽宁德年产30万辆新车，可通过铁路专用线、专用码头船运、高速公路汽车等运往全国、全世界。

宁德交通的飞速发展，为经济腾飞提供了有力支撑。中国大型汽车厂上汽宁德基地、动力电池中国市场占有率第一的宁德时代新能源、中国最大的不锈钢生产企业青拓集团、大型冶金企业中铝宁德等一批"金娃娃项目"，都得益于宁德交通的便捷，在宁德落地后得到快速成长、壮大。

半天下来，一个不漏地实地参观了宁德市区的六个高速互通口，以及港口码头、衢宁铁路专用线、上汽宁德汽车城、宁德时代新能源工集中区，心情一直处于兴奋与激动中，情不自禁地为宁德的快速发展喝彩！车上正播放的歌曲，好似在表达我们此刻的心情：

小城故事多/充满喜和乐/若是你到小城来/收获特别多/谈的谈说的说/小城故事真不错/请你的朋友一起来/小城来做客……

坂坑三部曲

——吹响从美化到振兴的乡村交响乐

◎ 陈圣寿

叫"坑"的村庄，地理环境固然比较差，通常也成为贫穷落后的代名词。位于周宁县泗桥乡的坂坑村，看来也没逃脱这种宿命，长期以来受自然条件制约，劳动生产艰难，人们除了外出打工经商，很难找到更好的脱贫致富之路。穷困的村民和一个以脏乱差出名的老村，成了坂坑的标签。

但连续二十多年前后担任村主任和村书记的宋玉春并不甘心。他一直渴望改变村庄的落后面貌，渴望自己老家这只弱鸟能长出强健的翅膀，在新时代里飞腾翱翔。

从 2015 年开始，随着习近平总书记首倡的闽东精神更加深入人心，也随着县乡党委政府加大对坂坑帮扶力度，宋玉春和新上任的村主任郑华弟一起，铆足了劲要彻底改变家乡的落后局面。他们团结村支委、村民代表和全体其他村民，经过外出参观学习，内部多方探讨，形成了治理坂坑的三部曲交响乐思路，并全力以赴付诸实施。

第一部曲：减法推动美丽乡村建设

过去的坂坑，交通闭塞，经济落后，村容日益凋敝。加之村民大多对环境卫生的要求处于低标准或无意识状态，习惯于乱搭违建、乱堆杂物、乱丢垃圾，造成村头巷尾、道路两侧以及村前溪里，到处都是鸡窝猪圈霸道、粪便秽物成堆，时常可见老鼠过街、蚊蝇飞舞，空气中总是弥漫着难闻而有害的气味。

怎么办呢？在一年多酝酿与筹备基础上，村两委于 2017 年拿出了比较成熟的"减法"方案：将所有妨碍公共环境的违建一律拆除，所有影响卫生质量的堆场全部清除。为了使村民理解与配合，便于全面推进工作，村干部不仅深入每户人家进行详细宣讲，直到对方点头同意，而且带头拆除自家的灰楼、鸡鸭舍，使人心服口服。遇到个别顽固抵触的村民，村两委亲自对其反复劝解，有的甚至苦口婆心谈了五次才得以成功，可想而知整个沟通协调过程充满了多少繁难！而坂坑村两委和其他干部们凭着党性和使命感，凭着对家乡的热爱做到了！

与此同时，宋玉春和他的核心班子，制定了美丽乡村的改造与提升方案。经过近一年奋斗，建设成果令人瞩目：宽阔的主干道左右携手彩色人行道；街旁房屋的外立面整洁而靓丽，仿佛立体的画卷；文化休闲广场和休闲亭成为新的交流场所；崭新的公厕可与星级宾馆媲美；街角与房前遍布的微花园把村庄装点得多姿多彩。

净化与美化工程初见成效，使村民们由怀疑自动转化成幸福指数不断上升的拥护。而村两委干部们并没有停下建设的步伐，一边整合原有村财收入及美丽乡村的项目资金，一边积极向上级部门申请必要的资助，又陆续建成了客运站、卫生所、老人活动中心，甚至建成了一个标准足球场，当然这个由福建省直机关为坂坑量身定做的特殊体育产品，是坂坑村干群多年奋斗获得的奖赏，也是一份难得的荣誉。

第二部曲：分类法催生善治系统

坂坑村两委在建设美丽乡村的过程中，一直在思考一个问题:如何才能走一条长效治理的道路，才能保证美丽乡村不是昙花一现，而是长盛不衰？

经过多方走访学习和反复论证，他们决定实施垃圾分类办法，就此事召开了三场村民大会，充分讨论垃圾处理有关事宜，最终达成共识，挤出村财资金35万元用于垃圾分类厂房建设，购进垃圾沤肥处理机，购置垃圾运输三轮车，设置广告宣传栏，选聘热心家乡事业、责任心强的分拣员和保洁员，先从干湿分类着手，实行分类收集到户，责任明确的工作机制，带动村民垃圾分类。村书记、村主任各包10户，村两委成员各包5户，党员一带三，村民代表及小组长、六大员一带一。每天上午八时许将各户的垃圾收集好交给分拣员，分拣员归类后交给保洁员，当天即加工成一百多公斤有机沤肥，包装封放，用于村里集体果树和花卉种植基地，实现了化腐朽为肥力的目标。

作为垃圾分类和卫生监控的管理和激励机制，村两委进一步制定了卫生网格化管理制度，将全村划分为4个片区，每个片区由3—5名党员负责，每名党员包干监督联系5—8户，同时聘请周宁县人大代表作为卫生监督员。村党支部每月月底对每个片区开展网格环境卫生初评，年底总评，评出一、二、三等奖各五名，奖金分别为3000元、1000元、600元不等，对做得比较好的村民，一时又由于评奖名额的限制而未评上一、二、三等奖的，年终由村两委予以食用油慰问，这样有力调动了村民的积极性，使净化与美化效果相辅相成。

除了以上措施，坂坑村的雨水、污水管道也是分开铺设的，避免了污水直接排入河道，且经过适当处理的生活污水还可以用于给土壤增加肥力，可谓一举两得。

垃圾分类、雨污分流、管控分片分级，这些从环境整治起步的科学方法，结合各类配套制度如《村规民约》《村民垃圾处理责任》《保洁工作职责》等，形成了分门别类的善治模式系统，并延伸到其他领域，有力增进了坂坑村的宜居生态和文明乡风。

作为垃圾分类和环境治理的佼佼者，坂坑村被评为"省级卫生文明村"，得到各级党委政府的认可和社会各界交相赞誉，吸引了闽东北各地乡村代表陆续前来观摩取经。

第三部曲：合作引领集体创收

无论美丽乡村的打造和保持，还是文明建设的提升与发展，都需要必要的财力支撑，而这不可能仅仅依靠政府部门的输血，而应该具备自有造血功能，应该追求气血两旺筋骨强壮，避免沦为弱不禁风的贫血儿。

坂坑村两委充分认识到村集体经济创收的重要性，采取以土地资源和资金入股的方式，与扎根本村的花卉企业——福建天蓝蓝生态农业发展有限公司合作，打造杜鹃花特色大型基地。该公司80后负责人王永光也是坂坑人，他能够从家乡情怀和利益共享两方面理解村领导的良苦用心。经过村企双方共同努力，现在的杜鹃花基地拥有从育苗到盆景到漫山花海的全产业链规模，品种达两百多种。仲春时节，整个基地姹紫嫣红迎来蜂飞蝶舞游人如织，是远近闻名的新晋网红景点。而从2020年3月开始杜鹃花直播竞拍式销售，每晚七点到十一点的"花之乡"直播间里，挤满了成千上万全国各地的粉丝和淘货族，由于物有所值目标客户特定，也由于坂坑村作为信用符号般的优秀背书，几乎每次推出拍品都不会流拍，平均日销售达万元以上。将坂坑之美通过"花之乡"直播间播送到四面八方，是传统产业与现代营销融为一体的典范。

杜鹃花合作项目的初步成功，使坂坑村两委深切体会到新时代合作经营的优势，于是主动招商，请来中华鲟养殖大户夏云斌入驻，同样以参股方式成立了福建龙翔渔业综合开发有限公司。中华鲟对生存条件要求比较苛刻，公司建造近一公里长的水渠，从仙风山麓引入洁净的山泉水到鱼塘里，在鱼塘上为怕光的鲟鱼搭建遮阳棚，采用自动增氧机和排粪排废系统。目前十六个鱼塘水清鱼欢，外地客商已多人次前来考察，表达了采购意向。预计年产量十几万斤，年产值可达两百多万元，将成为坂坑村集体经济又一闪亮的增长点。

思路活跃、干劲十足的坂坑村两委又开始拓展新项目——大面积种植水蜜桃。这次选择了与前两个项目不同的机制，由村两委联合山主运营管理，是集体与村民个体之间优势互补的合作社形式。水蜜桃园特意安排在村子与杜鹃花基地中间，首期五十亩已成林，目前长势喜人，预计明年可结果；二期一百五十亩正在筹备中。必然将持续发展三期、四期……水蜜桃园与杜鹃花基地将连成一片，届时一个天蓝蓝下花艳艳、村美美旁果香香的动人风景就叫坂坑！

坂坑三部曲，曲曲生威。

第一曲，吹走了脏乱差，吹响了乡村美丽奏鸣曲；第二曲，吹出分类法，吹来了生态文明欢乐颂；第三曲，吹起创富经，吹唱着乡村创富进行曲。

坂坑三部曲，以产业为弦，生态为调，文明为谱，善治为节奏，幸福为旋律，交织着传统乡愁与时代强音，必将成为乡村振兴交响乐中动人的序曲。

动车穿越湾坞

◎ 郑　望

　　这是一个初冬的上午，天气晴朗，阳光格外明媚。站在湾坞镇徐江村口的岸边，远眺白马港，江波激滟，大船穿梭，一幅现代化的山水画轴生动地铺展在眼前。在白鹭飞翔的江面，有一列高速行驶的白色动车呼啸着从白马河特大桥飞驰而过，让心感到惬意穿越的同时，更生出一种欣喜与自豪。

　　我从小在白马河畔生长，家住湾坞对岸的下白石镇。这里古称黄崎，唐朝在此设官监税。虽自古商贸颇为繁盛，但"福建道从海口黄崎岸横石峰峭常为舟楫之患……""闽道更比蜀道难"：前有茫茫大海阻隔，后有鹫峰山脉屏障，境内山岭耸峙割裂，陆路交通十分不便。解放初期，福安没有一里公路，更谈不上有半寸铁轨了。在我青少年的记忆里，湾坞乡亲出门，大多依靠舟楫通行，即以船只作为交通工具，算潮汐开船出行。每天两趟的潮涨潮落，是准时开船的时间。一旦错过，要等到第二天方可成行。那时湾坞去福州，先要坐船到对岸的下白石公社，然后再转乘汽车，过眉洋岭、上北峰，像蜗牛一样蠕动一整天才到福州。因此，我的同龄人是难得上一次省城的。

　　在很长的一段时间里，闽东被视为"东海前线"，基础设施投入很少。"闽东老少边，公路绕山边。铁路沾点边，坐车一直颠"，这

44

首打油诗形象地道出了当年闽东交通状况的尴尬。正因为交通瓶颈所困，有着丰富山海资源的闽东，却成为中国沿海黄金海岸线上的一个"断裂带"。交通不方便，经济不发达，对当地群众生产、生活的影响是显而易见的。1996年8月，第8号强台风正面袭击湾坞镇的徐江村，全村198座房屋在一夜之间变成一片废墟。灾后，徐江村被列为福建省第一批重建家园的重点村。村民们都还记得，当年，时任福建省委副书记的习近平同志，是乘船来到湾坞后徒步赶到徐江指导村民生产自救重建家园工作的。政府的救灾物资，也是靠民兵肩挑背扛到村后，才分发到村民的手中。

10年前的湾坞，在人们的印象中只是一个"蒹葭苍苍、白露为霜"的偏僻渔乡，大海遗留在这里的港湾、滩涂，依然一片沉寂。

疴沉荡尽江山秀，云水襟怀日月新。进入新世纪，沈海高速公路闽东段巨响的开工爆破声，将依山面海的湾坞重重地震醒了。建设者遇山打洞，遇水架桥，攻坚筑路，高速公路取得零的突破，温福铁路也由图纸上的一条曲线变为一条气势如虹的钢铁巨龙，钻山跃岭，横亘海边，实现了20世纪初孙中山先生在他的《建国方略》中构建"东方南方两大港间海岸线铁路"的设想。

百年铁路梦，天堑变通途。自2009年9月28日温福高铁动车通行以来，每天都有20多对的动车从湾坞半岛穿越而过。运行在白马河铁路上的"和谐号"动车，开启了连接长江三角洲、珠江三角洲与海峡西岸经济区的"黄金通道"，带动寂寥的湾坞迅速跨入了"高铁时代"！骤然间，湾坞半岛成为了人们心向往之的投资热土。电机电器、船舶修造、电力能源、金属冶炼、码头物流等项目，纷纷在湾坞落户。从福宁高速公路湾坞互通口出来，经过一条二级公路，远远就可以看见港湾东侧那高达240米的烟囱。这是落户在湾坞的大唐国际宁德火电厂的标志性建筑。从项目洽谈、落地、建设直至并网发电，大唐宁德火电仅用了3年时间。

依托毗邻白马深水港的优势，徐江村先后引进4家造船企业。村民亦工亦农，人均年纯收入达到7068元，被列为福建省社会主义新农村建设"百村示范"联系点。村民的腰包鼓了，别墅样式楼房也拔地而起。为了美化村容村貌，全村213户已有三分之二外墙"穿"上了美丽漂亮的蓝色乳胶漆"外衣"，整个村庄焕然一新。在刚落成的村口门牌楼上，习近平同志题写的"徐江新村"四个金字，熠熠生辉。

一列动车从廊桥造型的宁德火车站开出，一路呼啸如风般穿行在青山碧海之间。如果把飞机比作空中客车的话，那么我们完全可以把动车称为地上飞龙。动车仿佛一条白色的巨龙，一会儿窜上高架桥，一会儿钻进隧道，人们的出行方式随之发生了天翻地覆的变化。古时李白曾想象"朝辞白帝彩云间，千里江陵一日还"，而今，动车行走1000公里，也不过半昼时间。思古比今，真是不可同日而语。时代进步如斯，时空在动车风驰电掣中拉近。今日的福安，1个小时到福州，2个小时即可北上温州或南下厦门，6个小时便可抵达上海。在2010年上海世博会举办期间，这一带的不少百姓就是乘动车去上海看世博展览的。在"让生活更美好"的征途中，动车让人切身体会到现时交通的便捷与便利。

动车不仅改变生活，还凸显区位优势。借力高速列车，湾坞从"路网末梢"到交通枢纽，从"瓶颈"向"超前"挺进。奋进的脚步，从时空深处走来；从沈海高速公路福安连接线湾坞互通口开启时欢呼的人群中走来；从温福铁路福安客站通站道路工程竣工的礼炮声中走来……一连串的足迹，勾勒出了一段波澜壮阔的历史。温福铁路串联起福安沿海地带，一座座临海的现代建筑与蓝天、白云相得益彰。工厂车间的机器声、建设工地的挖掘机声、高速公路上的车鸣声、巨轮出航的长笛声，遥相呼应，恰似山海间雄浑美妙的音符，谱成一支山海交响曲！

湾坞，这个原先的小渔村，正演绎一段突飞猛进的现代化进程。

随着"和谐号"一声脆亮的笛鸣，"我的路已经在万水千山"。动车穿山越海，扑面而来的景象转换频繁，变幻莫测，让人目不暇接。坐看窗边流动的风景，观赏福建东南沿海最美的海岸线，可以从一个侧面非常直接非常贴切地感受到宁德日新月异的变化。

福祥安康话福安

◎ 林思翔

　　朗朗春日，走进福安。四围群山的市区韩城，风光旖旎。富春溪舒舒缓缓地从北而南穿城而过，像一条飘动的绿色绸带，映射出两岸散淡的清辉；护堤固岸的丛丛绿竹青翠欲滴，沿着溪畔一线铺开，俨然一道绿色长廊；阳春、富春、满春三个森林公园的古树郁郁葱葱，掩映着半片城区。富春溪畔的韩城，春色是如此的温润与清丽！

　　在我的印象中，富春溪畔的阳头地区如一叶扁舟停泊在城西，由于经常遭到洪水的侵袭，致使村前形成一大片杂乱沙石堆就的荒滩荆棘地。不知从何时起，这里的荒滩野地不见了，如今是三条宽敞的大街贯穿阳头全境，高楼林立，商店挨肩，成了一片新的闹市区。这里还建起了几片设施配套的居民小区，临溪那片红顶白墙的欧式别墅群尤为醒目，它以别致的造型、考究的装饰，昭示着这里的居住环境大为改善。

　　沿溪两边过去多是沙土堤岸，一遇大水就土崩堤裂，如今一道恢宏而坚固的石砌防洪堤巍然屹立。堤上是宽大的林荫道，垂柳依依，芳草茵茵，石护栏上饰以各种精美的花虫鱼鸟浮雕，散发出无处不在的文化味。富春溪水由于岸线整治和水位抬升，春水碧于天，犹如银河落人间。数里长的河岸成了一道观光赏景的悠悠长廊。漫步堤上，环顾周遭，你会觉得福安市区"城在林中、林在水中、水在城中、人在绿中"，真切地感受到韩城的秀美！

当夜幕降临、华灯初上，富春溪畔草坪镶边的文化广场变成了欢乐的海洋。伴随着音乐声，人们翩翩起舞，那欢快的脚步，闪动的身影，折射出中老年人的青春风韵。从旗山顶通体透明的凌霄塔上散射出的移动光束，照亮了城市的夜空，把太平盛世的夜晚装饰得五彩缤纷。

如果说，城西阳头只是福安城区变化的一个侧影，那么，城东的变化就更大了。在我印象中，城东的秦溪洋一带，过去是山垅式梯地，山田绕着山弯转。可如今，这里的小山搬走了，洼地填平了，取而代之的是林立的厂房和笔直的大道，一个以电机为主打产品的新城区正迅速崛起。城西城东的扩大，城南城北的拓展，使原来瘦小的韩城变大变丰满了。较之20世纪七八十年代，城区面积扩大了一倍多。这使我想起20年前，当时福安市委提出"再造一个福安（城区）"的口号时，不少人抱着怀疑态度，甚至有人断言根本不可能。可如今一座景色秀美而又充满现代色彩的福安城屹立在富春溪畔，事实给了一个完美的答案。

此时此地，令我这个"老闽东"百感交集。原本以为自己长期在闽东工作，对福安比较熟悉，可离开十来年后，再度漫步福安市区的街巷时，竟有了一种陌生感，甚至有些找不到北的感觉。这里的一切都变了，水变，地变，人变，变化何其快，变化何其大啊！

如果说，城区只是一个"盆景"的话，那么，你若迈开双脚到福安各地"踏青"，就会发现，福安这块1880平方公里的大地上处处草木争荣，花果飘香，生机盎然。溯富春溪而上，往北的山坡峡谷间，雪白的李花铺天盖地，盛产芙蓉李的"李都"潭头镇，漫山遍野浸透着温婉恬静的芬芳。再往前，远处山头那绿透翠深处，就是被周恩来总理誉为"绿色油库"的墩头油茶林；沿着高速公路南下，但见延绵不绝的葡萄新叶染绿了赛江两岸，这就是有着"中国南国葡萄之乡"美称的福安葡萄主产区的赛（岐）甘（棠）葡萄长廊。赛江两岸展现出一幅"溶溶漾漾白鸥飞，绿净春深好染衣"的景象；沿赛江而上折西，穆阳、穆云的桃花正笑迎春风，与畲族姑娘的笑脸相辉映，"春路雨添花，花动一山春色"，如彩霞般染红了半边天，如夏日来此，这里的水蜜桃令人垂涎欲滴；顺富春溪奔东，进入了群山环抱的柏柱洋，气候温和，物产丰富，蔗苗绿，稻秧青，被列为现代农业高优的示范区，夏秋时节稻谷飘香，瓜果遍地，田园风光令人陶醉。

洗却铅华，还原历史，福安的自然环境原本秀色天然。宋淳祐五年（1245年），乡人御史郑寀献诗理宗皇帝就写道："韩阳风景世间无，堪与王维作画图。……此处不堪为县治，更于何处拜皇都。"福安设县以来，历经700多年的演进，特别是新中国成立、改革开放以来的发展，福安在原生态的基础上注入了诸多现代元素，变得更有风韵、更有魅力了。

福安的变化不仅表现外在的形态，更在于内涵。

福安重峦叠嶂，溪河纵横，传统农业是福安人祖辈赖以生存的主要经营项目。直至20世纪50年代，除了"蜜沉沉"酒有点名气外，福安几乎没有叫得出来的工业产品。1958年10月，大办工业的浪潮卷进福安，福安专署开始在福安筹建电机厂。于是，在阳头的陈家祠堂搭起工棚，招来百余名职工，又从废品回收单位购置两台破旧的普通车床和一台小钻床加以修理利用，就挂起了闽东电机厂的牌子。经过不懈努力，反复试验，1960年3月，闽东电机参加华东4省1市电机质量评比，名列前茅，闽东电机厂被评为"华东地区电机标兵厂"。《人民日报》发表题为《山窝窝里飞出金凤凰》的文章，盛赞闽东人的艰苦创业精神。"金凤凰"不仅使闽东扬名，也使山窝变成了"机窝"，闽东电机衍生出了许多"小电机"，福安的电机产业如滚雪球般越做越大，电机制造技术扩散到千家万户。继阳头老厂区之后，坂中和秦溪洋先后建起了两片电机电器工业园区，近年又在甘棠新辟了工贸区，规划工业园地 1000 多亩。如今福安市区电机电器企业 730 多家，从业人员达 5 万多人，也就是说，城区每 5 个人中就有一个吃电机电器饭的。走进福安城，随处可见电机电器企业和琳琅满目的电机电器产品，是名副其实的一座电机电器城。福安的电机产品出口量占全国中小电机产品出口总量的三分之一，成为全国电机产量和出口量最大的县级市，被授予"中国中小型电机出口基地"称号。从不知电机为何物，到如今电机电器撑起福安经济的半壁江山，真可谓"五十年河西，五十年河东"啊！

富春溪流经赛岐与赛江交汇处后，江面骤然变宽，流过白马港，进入三都澳，汇往台湾海峡（赛岐港距基隆港仅 160 海里）。白马港两边的半岛像铁钳似的挡住了三都澳狂涛，轻浪柔波的常年淘冲，使得福安下半县（市）沿海狭长地带形成了如叶片开裂状的众多港湾，湾内潮起潮落，进退有序，加之沿岸基岩固实，成了建设船坞的理想场地。早在唐代，这里就开始建坞修船，民国时曾盛极一时，不过皆为小打小闹。20 世纪 80 年代，改革开放的浪潮涌进白马港，这里的地理优势很快转化为产业优势，修船、拆船、造船全面展开，船舶业在福安迅速崛起。当年连家船挨挨挤挤的赛江，如今巨轮进出、大船竞发，两岸排列着 80 多家国有和民营的船舶企业，拥有全省最大的干船坞。别说造千吨轮、万吨船，连 10 万吨、20 万吨舰艇也能生产。修船的范围也从过去单一的渔船扩大至散货船、滚装船、多用途船、集装箱船、拖船、驳船等多种国内外客户需要的船舶；拆船能力也很强，最大可拆 5 万吨的船舶。水道弯弯的白马港，远看就像一条巨龙，承载着千帆万樯，背驮起小山似的巨轮，冲出三都澳，奔向太平洋。

福安群山延绵，高山之巅常年云雾滋润，盆谷间四季绿水环绕，其生态环境特别适合种茶。唐代福安就开始植茶、制茶，到宋代福安已成为福建茶叶主产县之一，至明清福安茶叶生产已颇具规模。清咸丰、同治年间，坦洋人吸收外地的红茶制法，反复试验，用"苦工夫"精心研制出香高、味醇、色艳的"坦洋工夫"红茶。其荣获1915年巴拿马——太平洋万国博览会金奖后，声名鹊起，产品远销欧洲和前苏联。坦洋这个藏于山窝的偏僻小村因此成了闽东茶叶加工的集散地，涌现出一批富商巨贾，如今尚存的制茶厂房和深宅大院在默默地诉说着这一切。后来由于国际风云变幻，消费市场转向，福安一度改制绿茶，"坦洋工夫"悄然转入低谷。近年来，在实施品牌战略中，福安人把这块蒙尘的金牌细心揩擦，使其重放光芒。巧合的是，时隔近一个世纪的2007年冬，巴拿马城举办了第十届中国贸易展览会，"坦洋工夫"这位"老客"又堂皇登场，其香醇的滋味令许多新老朋友陶醉，一面"坦洋工夫"的红旗被密密麻麻地写满了参观者的名字和题词。一位旅居巴拿马的华侨写道："久违了，坦洋工夫。请努力吧！民族茶叶品牌一定重振雄风。"如今"坦洋工夫"已成为中国地标商标和地标保护产品，成为福建著名商标。以"坦洋工夫"为品牌的福安红茶重振雄风，成为福安又一个支柱产业。福安还是全省首个被列为全国绿色食品原料（茶叶）标准化生产基地县。"绿色基地"和"中国海峡大茶都"的平台，将使"坦洋工夫"在新世纪闪射出更加耀眼的光芒。

福安地处闽东中心腹地，历史悠久，山川秀丽。海拔1448米的巍巍白云山，是福安人的骄傲，它庞大的山体不仅孕育了"坦洋工夫"的原产地坦洋，还蕴藏着地质之奇观——石臼，散落着奇岩异洞，闪射出极为罕见的"佛光"，是一处令人向往的旅游胜地。福安人文荟萃，唐神龙二年（706年），穆阳溪畔走出了八闽第一进士薛令之，因其生前廉洁，死后其家乡村落和山岭被唐肃宗封为廉村、廉水、廉岭。诗书传家，廉水长流，廉村成了一个充满古香古色的国家级历史文化名村。福安还出了一个民族义士郑虎臣，就是他，在押解祸国殃民的南宋奸臣贾似道至漳州木棉庵时，将其诛杀，为民除害。南宋著名爱国诗人谢翱，也是从福安这块土地上走出来的，谢翱跟随文天祥抗击元军多年，文天祥就义后，他隐居南方，秘密哭祭，"残年哭知己，白日下荒台。泪落吴江水，随潮到海回"。这首从热血中喷射出来的诗篇，成了祭奠民族英雄的千古绝唱。薛令之、郑虎臣、谢翱被福安人奉为"三贤"，立祠祭祀。"苜蓿盘餐诗读东宫清廉垂典范，木棉锄佞恸哭西台忠义仰高风"，高挂三贤祠前的这副楹联，表达了福安人对三贤的崇敬。千百年来爱国传统传承，儒风文脉相续，使福安成了钟灵毓秀之地。

在近代史上，福安也写下了浓墨重彩的一笔。四围山色的柏柱洋，土地革命时期是闽东革命的中心。这里最早点燃了闽东革命火种，驻在这里的闽东苏维埃政府和中共闽东特委，领导着闽东人民开展分田分地的革命斗争。叶飞、曾志等老一辈无产阶级革命家都在这里留下火红的青春足迹。走进这里一处处革命遗址，聆听讲解员的娓娓讲述，你可以了解闽东苏区当年风起云涌、浴血奋战的光辉历程。如今，柏柱洋已被辟为红色旅游点，也是闽东爱国主义和革命传统教育的一个基地。

福安还是全国最大的畲族聚居县（市），畲族人口约占全市总人口的十分之一。畲族能歌善舞，畲歌对唱、畲族婚礼、畲女茶艺以及三月三乌饭节，都是最吸引人的民俗传统节目。你若走进溪塔、仙岩畲村，尽可一睹原汁原味的畲家风采。末了，还可以顺便带回一些有着"铜面铁底棉花心"美称的光饼和爽口而不黏糊的线面，这些价廉物美的福安特产，都让你在唇齿留香间，细细回味福安文化的丰富内涵。

电机电器，造船修船，坦洋工夫，旅游观光，支柱产业的崛起，响亮品牌的带动，加上传统农业不断地注入现代元素，使福安内涵不断丰富，经济结构不断优化，综合实力不断增强。2019 年全市生产总值达 526 亿元，财政收入突破 49 亿元，分别是 40 多年前的 560 倍和 490 倍，在闽东环三都澳区域发展中发挥了挑大梁、走前头、求先行的作用。经济和社会的发展，提升了人民生活水平，2008 年福安市城镇居民人均可支配收入 38248 元，农民人均纯收入达 18402 元。

山清水秀人气旺，福祥安康在福安。

福安人民正站在新的历史起点上，按照科学发展的思路，努力打造"区域生态环境良好，人与自然和谐相处"的生态型港口工业城市。福安的明天一定更美好！

让连家船铭记历史

◎ 唐 颐

连家船作为一种千百年存在的生活方式已经销声匿迹。

现今，福安市下岐村的村史展览室里安放着一条20世纪60年代制作的连家船，船长7米，宽2米，木质船体，竹棚为顶，斑驳沧桑。

走出展室，来到下岐村渔民广场，广场之中矗立着一座长廊，古香古色，简约壮观，长廊的造型来自连家船的创意。

一小一大，一实一虚的"连家船"，眺望着面前波光粼粼的大海，记忆的闸门打开了，犹如潮起潮落。

一

"一条破船挂破网，祖孙三代共一船，

捕来鱼虾换糠菜，上漏下漏度时光。"

2020年5月底，我参加宁德市文联组织的采风活动，来到下岐村。下岐村党支部书记郑月娥是连家船渔民的女儿，她站在渔民广场上为大家朗读这首诗。

这是一首生活在闽东沿海一带连家船民的歌谣。

连家船民，旧称"疍民"，《辞海》注释：船民。是中国沿海一个很特殊的族群，主要分布在两广和福建东南沿海一带。"疍民"

称谓始于汉朝，"疍"通假字为"蛋"，因其船只首尾尖高，船身平阔，其形似蛋，故称"蛋船"。疍民生活习俗的最大特点就是"浮家江海""以舟为居"，长期过着水上的"游牧"生活，又称之"水上吉普赛人"。

闽东地区疍民主要靠讨小海捕捞海鲜为生，陆地与之无缘，真正"上无片瓦，下无寸土"，一家人甚至几代人挤在一条渔船上讨生活，一条小船就是他们拥有的一切。逼匝的生活空间与漂泊的工作环境，使许多老渔民双腿内弯呈 O 型，成为典型罗圈腿，并伴有风湿病、关节炎等疾病。生活条件异常艰苦，新中国成立前更是身份卑微，被视为"贱民"，因此还有一个充满歧视的别称"曲蹄"，流传着"曲蹄爬上山，打死不见官"的说法。

郑月娥回忆起小时候的生活：一大家子挤在小小渔船上，晚上总是伴着爷爷的鼾声入睡。遇上台风降临，爷爷就是总舵手，指挥爸爸和叔叔把船停靠在可以躲避风浪的港湾，我则躲在船舱里瑟瑟发抖，祈求风浪别再把锅碗瓢盆打破，明天可以点火煮饭。最美好的夜晚是躺在船头甲板上，听爷爷讲"天上一颗星，地下一个人"的故事，听懂了只有正直、勇敢、聪明的人，死后才能升天，成为一颗亮闪闪的星星。最向往的事情，就是坐在船头，远望岸上的孩子穿着新衣服，背着书包去上学。

直到 20 世纪 80 年代，贫困群体仍是连家船渔民的代名词。闽东一位著名记者曾于 1984 年拍了一张照片：一条连家船上，一个父亲摇着桨，船头上站着 4 个孩子，三男一女，五六岁至十二三岁，皆赤脚短裤，上衣又破又脏，木然的眼光望着镜头。那衣服，用"衣裳褴褛"形容固然贴切，但有人惊叹：孩子们就像用"海带"当衣服。从此，"海带衣服连家船"成了经典之照。照片命题为《海上漂泊，祈盼脱贫》。

更有意义的是，这位老记者跟踪这一家子 40 余年，每 10 年拍一张照片，记述了这位父亲名叫林阿柱的一家人生活嬗变:1998年命题《造福工程，上岸定居》，2008年命题《发展养殖，脱贫增收》，2018年命题《人兴家旺，幸福生活》。

二

1998年是下岐村连家船民刻骨铭心的年份。这一年，他们拥有了真正属于自己的陆地上的村庄，连家船作为千百年来的一种生活方式开始消失。

郑月娥1996年任村计生管理员时17岁。她清晰地记得船民上岸定居的那个夜晚，家家户户灯火明亮，通宵达旦，有人"抱怨"席梦思太软，不如睡船舱硬木板习惯，从前是摇摇晃晃不晕船，今晚却踏踏实实地"晕床"。其实，许多人是住上了梦寐以求的砖瓦房，风雨无忧，有水有电，抚摸时尚家具，尝试新鲜电器，兴奋得睡不着觉。

1997年，福建省决定对连家船民实施搬迁上岸的"造福工程"。宁德市实施统一征地、统一规划、统一建房、统一解决"三通一平"、统一安置的形式，每户安排建房面积40平方米，每人补助1300元。从此诞生了下岐渔民新村。那一年，新村共建339栋房屋，511户2310人上岸定居。

1998年12月，时任福建省委副书记的习近平到下岐村连家船调研，猫腰钻进船民在白马江边临时搭建的吊脚楼，发现里面没电没水，阴冷潮湿，全部家当就是一口铁锅和一床棉絮。他动情地说:"决不能让船民再漂泊下去，决不能把贫困带进21世纪!"次日，"福建省造福工程暨连家船民上岸定居现场会"在福安市召开，充分肯定下岐村连家船民上岸工作。

到了2000年，宁德市实现全市1.9万连家船民全部上岸定居。

不久，下岐村被誉为:连家船渔民上岸第一村。

三

2000年11月，时任福建省长的习近平同志再次来到下岐村调研，当时《人民日报》记述：习近平来到船民上岸后的红砖新居，径直走进厨房，掀开餐桌上的塑料网罩，看看他们吃剩下的东西，再拧开水龙头，清澈的自来水倾注到水箱里，角落里放的是液化气罐和冰箱。他指示："我们不仅要让连家船民搬得走、住得下，还必须进一步采取措施使他们稳得住、富起来。"

"搬上来，住下来，富起来"成了下岐村发展的坚定目标。

习近平同志入户走访的第一户人家户主名叫江成财。此番采风，我见到江成财。看着眼前这位身材魁梧壮实，皮肤酱紫发亮，精气神十足的渔民汉子，你很难与年逾花甲，子孙满堂的老者联系起来，不由得赞叹：劳动者最年轻。

江成财带领我们去看养蛏池。适逢收获季节，池塘旁凉棚下一堆堆新采的海蛏，渔家女们正紧张地挑选、分类、装箱，大卡车等着将海蛏运往福州市场。江成财抓上几只海蛏，在水龙头下冲洗干净，放在掌中让大家观看："这海蛏已养10个月，饲料主要成分是黄豆粉，个头肥大，味道鲜美，是我们'下岐鲜'品牌，一斤可售20多元，很受福州市场欢迎。"那海蛏足有两指宽，金黄透亮肥嘟嘟，让人看着就感觉食欲大增。

郑月娥介绍，江成财是个老党员，新世纪初就开始养殖弹涂鱼和海蛏，带领100多户船民摆脱贫困；10多年前又组织30多户船民，用养殖赚到的2000多万元资金，合股成立晨辉工程队，走南闯北承包打桩工程，工程队已小有名气。

下岐村原有400亩集体海塘，前些年，郑月娥与村班子成员通过调研，决定投入200万元进行改造升级，扩大到450亩，成为高标准的养蛏塘，招租资金也从原来每亩年租700元，提升至1500元，仅此一项，使村财政年收入达 60 多万元。

我问郑月娥："你任村支部书记八年了，这些年工作的重点和难点都有哪些？"

答："习近平同志提出的 9 个字'搬上来，住下来，富起来'一直是我们工作的重点与难点，包括精准脱贫。"

前些年，下岐村有共贫困户 9 户，采取"结对子帮扶"，通过帮助办理小额贴息贷款、帮助购买捕捞渔具与养殖工具、发展龙须菜养殖、组织技能培训、提供海鲜市场摊位、介绍外出务工等针对性措施，9 户贫困户先后于 2016 年与 2017 年脱贫。

20 多年来，下岐村因地制宜，发展海洋经济，水产养殖成为最具特色的产业，大黄鱼网箱养殖、龙须菜养殖、海蛏养殖成为品牌。远洋捕捞和近海运输业也初具规模，现有捕捞渔船与运输船约 300 艘，从业人员近千人。商贸、餐饮、旅店等服务业也崭露头角。村民人均纯收入 1996 年不足 1000 元，2019 年突破 20000 元，提高了 20 倍。

四

2018 年，福建省公布一批美丽乡村建设名单，下岐村榜上有名。当年被誉为连家船渔民上岸第一村时，只是整齐有序的平房，应该说选址规划者是有眼光的，新渔村与下白石镇区毗邻，靠山面海，风光如画，先天条件好，经过 20 多年的发展，昔日的平房已"长"成高楼，配套基础设施不断完善，跻身"美丽乡村"，名副其实。

近些年，渔村又实施了房屋立面、坡屋顶、电网、村道改造提升项目，开展房前屋后环境卫生整治，设立村口村牌及村道标志，建设休闲长廊与凉亭，将原来的垃圾场改建成"渔民广场"，进一步挖掘提升宣传文化墙与村史室的文化内涵。

新渔村发展生机勃勃，正在申报建设三级渔港，打造集海鲜贸易与品尝为一体的"海鲜一条街"，开发渔业观光旅游项目。

慕名前来学习借鉴与旅游观光者越来越多。2019年4月29日，下岐村迎来一位特殊的客人前来考察扶贫工作，他是老挝人民革命党中央总书记、国家主席本扬。他走街串巷，并与当地干部群众座谈交流，印象深刻，说："这些成功实践，体现了习近平总书记精准扶贫的理念，也是中共中央造福人民的宗旨，老挝的贫困人口还很多，我们要把中国的扶贫经验和举措带回去，未来老中两国两党还将继续加强治国理政、特别是农村发展的经验交流。"

面对名声渐大的下岐村发展之路，郑月娥感觉压力山大。她说：唯有铭记历史，才能促使我勇往向前。

与郑月娥挥手辞别时，我忍不住回首眺望渔民广场上那艘面朝大海的"连家船"。心想，这位连家船渔民女儿在党关心培养成长的过程，就是连家船渔民上岸变迁历史的一个缩影。

唯有铭记不平凡的历史，才能迎接更加辉煌的未来。

2 散文

安静的柏柳

◎ 王丽枫

　　这里是一个白茶的故乡，小小的村庄，安详，淡泊，静谧。它落在时光的深处，像一幅油彩画，在阳光下绿树成荫，花木掩映。一条条弯曲的黄土小路，通向一亩亩绿色而旺盛的茶园。通幽的巷子伸往一间又一间保留着木头本色的屋子，屋前鸡鸣狗吠，屋顶炊烟袅袅。那扇门始终是敞开的，为撒下来的那片和煦的阳光，为屋前那只找食的鸟儿，为任何一个串门的邻居或偶然而来的过客。屋里满是农家人淳朴的笑脸，还有温和的乡音，夹杂着撒满一地茶叶的香味。坐下来吧，到了这里，你会身不由己地想坐下来，一切外界的纷争与困扰都一扫而尽，一切浮华的欲望和人世的丑恶都淡出脑海。就嗅一下这纯净的味道，在这片澄蓝的天空下期待朝日的升起，在这份亲切的遇见中等待晚霞的降临，在这里含一片梦中的叶子，品一口白茶的香。家啊，它不是四方形的一座建筑，它是心灵深处没有迷失的那条路，一种依赖，一份圆满和会心的认可。所以，人们常常会那么渴望和依恋自己的故乡。

　　这个村子叫"柏柳"，位于福鼎点头镇的梅山脚下。世代居住于此的"梅家"茶人告诉我说，这里素有"茶马古道"之称，是内地"货贸大关道"的必经之地。我想象着历史倒退三百年，这样的村子，这样的古道，这条沿村环绕的长溪，还有这条街市，是怎样的一种繁华？锦织缎绣的商贾络绎不绝，身旁携带浆洗整洁的挑夫，穿梭于商铺，等待满载而归；朱楼前那女子乌黑的发髻上银簪闪闪发亮，挪步而出荷袂蹁跹；秋日里长溪边铺满霞光，悠闲的大白鹅和歇脚的白鹭伸长脖子，对溪梳妆，顾影自怜，小溪中鱼虾追逐，河蟹顺流而下欢快无比；酒肆里的汉子脱下汗湿的夹袄，端起大碗将酒一饮而尽，长辫子往后一甩，再来上一碗那才叫舒坦；茶坊中文人齐聚，围桌对弈，墨客们挑墨绘丹青，看不够这梅山美景。再看冬日里农家小院的瓦楞上铺着衰草，雪照琼窗，而整个茶园的苗圃又仿似道道玉彻的雕栏，那黄土小路上不知留下哪方过客深一脚浅一脚的足迹……这一切，正应了村里留下来的一句口头禅——通街茶酒米粉味，彻夜羊蹄驮脚声。

我总是姗姗来迟。三百年后的今天，遇见它，唯一能感受到的，只是它的安静，还有那些褪了色的老物件，隐约闪烁着曾经辉煌的痕迹。没有变的，就是那萦绕不去的茶香。都说一方水土养一方人，也许因为传统的使然，勤劳且智慧的祖先们传下了种茶制茶的好工艺。也许是这片土地的特殊，才能培育出别样肥硕而粗壮的茶树。不管是什么原因，你且看横溪岭上留下的宋代摩崖石刻、横溪桥头的古茶亭，还有柏柳的这条古茶街，仍然完好地保留着明、清两代茶人的古厝。这个小小的村庄走出了清代茶人梅筱溪，他把毕生的精力用于研制茶叶，开创的"梅占魁"字号一度名噪闽江，被人尊称为"梅伯"。他留下的《筱溪陈情录》《筱溪笔记》，安静地讲述了这里辉煌的过往，以及作为一个茶人起起落落、丰富多彩的人生。在他六十六岁生日的时候，福建省建设厅庄晚芳厅长赠予他一方祝寿匾额，上题："莽苑耆英"，还于匾右写了极有高度的跋文。在另一个老农的家里，我们看到了民国大员何应钦赠送给梅氏茶商梅秀蓬六十大寿的匾额——"纯嘏尔常"。已无须更多赞誉之词，就用梅氏族谱留下的美丽诗句作为历史的见证吧——"朝采茶，采茶山之阿；暮采茶，采茶山之麓。佳人窈窕结队行，撷秀只认旗枪绿。龙团雀舌品不同，七碗通灵惠复馥"，"野猿竞采初春果，稚子能收未雨茶"，"清溪激齿松泉滑，古洞烹茶瓦鼎寒"，"几处茶园分别墅，数家茅屋自成村"。它们就是一朵朵开不败的花儿，在这个山村独自芳菲。只有祖祖辈辈生于此，长于此的子孙们能被这片香气熏陶，而又浑然不知。

任意走到一个小院，在阳光下修剪茶枝的阿婆都会笑眯眯地告诉你，在柏柳，世世代代都流传着种茶、制茶、藏茶以及卖茶的习俗，村里的童叟皆知该如何将茶枝修剪成可培育的茶苗，并且技艺娴熟，这些修剪出来的茶苗销往全国各地甚至海外。再看那阿婆漫不经心的笑容里，藏着多么美的阳光和雨露。村民们会在每年惊蛰至清明前采摘最饱满的"白毛茶"针，然后用传统的制作工艺做成白茶或白琳工夫红茶，作为礼品馈赠亲友。这以外，茶叶对于他们而言，还有很多耐人寻味的用途，逢年过节，扫墓祭祖或是宫庙敬神，供桌上陈列的祭品首从"三茶三酒"开始，茶为首敬，无茶不成祭。村民有女儿出嫁，常备有两包白毫银针放入嫁妆"压箱底"作为陪嫁，以表达父母祝女儿"平安一生"的心愿。这些美好的习俗给柏柳涂抹上了更浓郁的色彩，足够令你细细品味，又向往无比。

说到白茶作坊，走近这座由青砖黑瓦环成大四方形的围墙，砖灰扶起的门楣上用苍劲的行书写着"远茗韵宸"，背面写着"柏柳聚秀"的古厝，你便再也收不回自己的目光了。灰黑两种颜色混搭而成的它，安静地立在一片绿色的茶园中间，像一位历经风霜的老学者，归隐于市。推开那扇古朴的松木门，首先映入眼帘的是院子里一大片青翠的苔藓，院子的左右两边用青砖各围起一个水池。正前方有两层连片的木门灰墙房间，门前的过道堆放了一层层晾晒茶叶用的"竹篾丙"，在春分前后，上茶园采摘回来的"白毛"新茶就是放在这样的大篾丙上，让阳光晾晒至七八成干。走进最左边的一个大房间，阳光分别从一个个打开的窗口斜照进来，洒在地上摆放着的圆柱形大竹框上，框里放着一口大锅，锅里放满木炭，茶叶就铺放在这木框盖子上。茶叶要用暗火慢慢烘焙，这里完全没有任何一种现代机器的痕迹。由于这里制茶的历史悠久，这些制茶的竹具也完全由村里的老人制作而成。看到这里的时候，我由衷地感觉，这是多么幸福的一种气息——原始的、温暖的、安静的气息。

　　此时，我突然想，人生的意义是什么？答案就是你走进柏柳这样一个名不见经传的村庄，随着它在历史的长河里静静地、幸福地流淌……

沐风听村语

◎ 禾 源

　　山坳里的乡村如同成长的摇篮，风儿轻轻摇晃，溪水哗哗浅唱，母鸡咯咯逗乐，几声警觉的犬吠便是及时的呵护，天籁中的鸟鸣虫吟是似懂非懂的四季经文。摇啊摇，大摇篮养育了村子几十代的人，每一股的风仿佛都是熟悉的村语。

　　五十多年前，我和许多山里的孩子一样，在一阵响亮的啼哭声中跌到了这个大摇篮。一个篮子里的货，不管是土豆还是野菜感觉都一样的贵贱，如同父亲从园地回来一般，一头是南瓜一头是孩子，相同的重量晃悠悠地在左肩右肩轮换着挑回。那个年代，村里的孩子的长大过程仿佛很简单。出工时，孩子扔在田寮；回家时，放在厨房、厅堂爬着滚着。鸡鸣犬吠成了孩子们的母语，饿了像它们一样引颈哇哇地叫着，填饱肚子又跟它们玩到一块，只要肚子一填饱仿佛就没别的事。

　　可惜就是这样简单的事，让许多家里的大人犯了愁。当兄弟姐妹们都能上桌吃饭时，常会听到大人们感叹，"唉，桌面七八头，桌下腿四条，怎么能养活这群'牲口'。"也就是说，会吃的有七八口，能干活的就父母两人。我到村弄中跑来跑去时，便能嗅到顺风而至的许多味道，鲜笋、溪鱼、泥鳅……哪家厨房里飘出香味，村里便有些孩子猫在那家墙根下，吸着那股味，听着呷呷呷呷的快乐声，而后咕噜咕噜地吞着自己的口水。我也跟着蹲过、嗅过、吞过，还记得听见过许多吞食里的秘语。

"吃，快点吃，免得干部来了，不仅没得吃，还得批斗。"

"凭什么，这毛笋长在我们家自留地，又不是集体山上偷挖的。"

"你有力气说，难道没力气吃吗？"

还听到："别吃得那么大声，一只鸭也就两只腿，早上你堂弟阿土见我宰鸭就抱着我腿说要吃腿。"

家里炖鸡炖鸭的味，不仅诱人也诱狗，哪家飘出这味，这家的周边不仅有孩子们转悠，还有许多狗在转悠，一不留神，小孩手里的鸡腿就会被狗一口叼走，那家的叔操着木棍，婶拿着竹竿围追阻截，许多孩子参与其中，顿时哭声、喊打声、奔跑声，热闹了村子一角，直到狗放下鸡腿才结束这场追逐。当然也有的孩子暗自高兴，交头接耳，谁让你奇特、排场。还听到："仓里的粮最多只能再吃几天了，明天赶紧上山挖蕨根，榨粉做山粿。"……那年代乡村的各个角落，传来的尽是"吃语"，偷吃、独食、赌食、找食，真的是"民以食为天。"

一到六七月青黄不接时，母亲总是催着父亲去外村亲戚家看看，或借或赊，弄担地瓜米回来，她说："有借六月米，不借冬暝谷。这时候好开口，人家也肯借。"确实是这样，父亲总会在落日的余晖里挑担粮回来。秋收过后，父亲就急急地挑出一担，送还给人家。

村里二丫头好运歹运，仿佛也是从秋收后降临。秋后算账本就是规则，生产队打的粮，根据工分，兼顾户口，一五一十分到各家各户，各家各户又凭着分到的口粮，盘算着一家人的日子。十六根算盘拨来算去，再怎么节省也难挨到第二年的秋后。把二丫头送人吧，管人家当女儿还是当童养媳，听凭命运安排，挣点口粮，补给全家人，这才是大计。我的二姐也就是在这样的盘算中送人了。这个境况，一直持续到了 1980 年。也就是在我离开村庄之前，村里的山里山外，村弄小巷风传的村语，离不开一个食字。

1980 年我考取到外地念书了，成了国家供养的人，一块白底红字的校徽便是不愁吃的标签。学校的生活十分美好，吃饱饭，晚上还可以拿把小凳子围坐在电视机前看着中国女排夺冠。就在这美好的时刻家书寄到，是我妹妹写的，写得简单，但字字闪光，给我美好的生活增添了底气。她说，今年乡村把田分到户，又值好年份，家里收了一百多担粮，现在天天白米饭，再也不用吃地瓜米了。你也放开肚皮吃，学校口粮若不够，家里给你寄粮票。我站在走廊看着信，虽说是秋后，但感觉这风比春风还爽，风中传来乡村人都吃上白米饭，且还可以放开肚皮吃的消息。我沐着南国秋风中唱起了《春天的故事》"1979 年，那是一个春天，有一位老人在中国的南海边画了一个圈……"没想到这个圈圈到了我的村。

寒假回村，依然沿着那一段沙石公路走回村，风还是那种风，吹得草摆树摇，水也还是那溪水，流淌着冬季的浅唱，然而四野里的田地仿佛变了样，虽也是空旷旷的冬野，可收拾得整洁有序，没有半点的邋遢相，俨然是一副等待春风下种的兴奋状态。村里的人虽然一见面依然是问"吃了吗？"然而这问话中分明有了味，有了充足底气，饱满有力。村庄左来右去，还是吃，但此时吃饱了，一切都长得精神了。

"仓廪实而知礼节，衣食足而知荣辱"。村弄中再也不见孩子在墙跟前蹲着，而是聚在一家大院落里，听着族里的爷爷讲述故事，讲的是本家族在清朝出了个虎将甘国宝。说他母亲梦虎怀孕，出生时把地砸了个窝，后门的墙被震崩了。说他从小聪明顽皮，喜欢玩射箭，射伤了村里许多人的家禽与小家畜，经常被父亲追着打，一次父亲下狠心要重罚他，他居然能跃过矮墙，翻墙后变成了一只小老虎。故事就发生在村里，个个孩子听得似信非信，一个劲地问，后来呢？后来

呢？后来他父亲带着他到古田县城读书，到福州求学，中了进士，当了大将，到台湾当了总兵。这总兵多大孩子们虽然不知道，但游戏中都要争当这总兵官。

故事是说给孩子听的，而大人们则在想着如何能打更多粮，如何利用好拖拉机、板车等工具。毕竟现在不是生产队，从前秋收的一台脱粒机，可以由两个劳力抬着去，收割一天，一人一担就能挑回，可如今叫谁来抬，且一天收割下来的稻谷往往有好几百斤，一家只有一个劳力，怎么能挑回，若有条路能拖上板车多好。修路没有人会反对，但有一个致命的问题，村水尾没有一条公路桥，就是别的地方修通，可这个坎无论如何都过不了。

村里的许多大人聚在八卦亭里八卦着。有的说：村水尾不能建桥，祖辈说过，乡村来龙是条温顺的蛇，村对面那条山岭如同一条凶残的蜈蚣，若一建桥就会让蜈蚣过桥，乡村来龙被伤害，村庄就会败落。有的说：村庄出过甘国宝，一个小山村如同一块小菜地，小菜地长出一棵大树，其他的菜还能活得好吗？我看这风水破就破了，填饱肚子比出什么官都重要。也有的说：蜈蚣最怕母鸡，修个桥，在桥头办个养鸡场，再厉害的蜈蚣也斗不过群鸡……

村庄就这个话题说了好几年，一些年轻人看着别的村都用上板车，拖拉机，而自己还是肩挑着，就常在八卦亭里骂着：村干部没用，那些老人穷日子过惯了，那些看风水的不会看形势。这些话让八卦亭里闲坐的老人坐不住了，有的挟着烟枪走人，也有的感觉若有所思，想再听听年轻人有什么出奇的新法。如今确实在变，许多年轻人都到外面打拼挣了不少钱回家，若就因为这一条无形无具的蜈蚣之说而阻碍乡村发展，引得更多年轻人到外发展，那乡村才真正地败下。再说现在各村都通公路，那条蜈蚣岭几乎荒废了，这条蜈蚣该也是条死蜈蚣。

人走一阵风，人来又一阵风，乡村走出走进的人多了，风也起大了，这个大摇篮也摇得厉害了。晃得摇篮里的人心动得厉害，看着青山绿水，看着田野园地，出现了许多幻觉。那是果园，那是反季节蔬菜基地，那又是农庄。刮了什么风？刮了什么风？怎么山地、田园都发生了变化。村里许多人都说做梦了，做梦了，梦见村水尾有桥了。就这样村弄常听到的村语便是为发展修桥，为求富改变观点。就这样于1990年秋后开始修建石拱桥。桥建成了，不是蜈蚣爬过桥，而是车子通过，生产方式改变了。乡村里的人开始觉得一片山，一片地，还切成你几块我几丘，一垅田还被分成好几截，各种各的方式不太适应。他们琢磨着土地兑换，转租承包。一到傍晚村中八卦亭里说的话题是土地如何置换，如何规模种植，如何成为专业户等等话题。

变了，变了，曾挟着烟枪走人的老大爷，会微笑地坐在其中，接过年轻人递来的纸烟，边抽边听着他从未听过的村语。偶尔说声，好！好！大家都是"地主"了。偶尔他们踱步到水尾桥，站在上面看看这个大摇篮的四周。当时最反对建桥的那位大爷，身体硬朗，不仅看桥，还会到儿子果园转转，到别人的山庄里走动，唱着自编小曲儿"风吹凉凉，老人排场。蜈蚣殁去，土蛇变龙。乡村大变，光景大好。名人故里，好名再扬。"

改革的春风一阵阵吹来，吹醒了这块土地，吹醒了许多人，吹得老树出了新芽，吹得陈腐观念如同尘垢脱落。乡村修起环村公路，修起许多机耕路，竹山便道，再也没有人质疑这个变化，乡村也就在这变化中年年开出新花。

甘棠富与我一样年纪，曾经村里人都叫他流鼻蛏，如今在村东办起了大棠李农庄。农庄仿古木栈道依山蜿蜒而上，两边黄花相依而行，李子、杨梅采摘园树荫果青；烧烤、滑草等游乐项目乐满山坡；山顶一幢玻璃房透览重重群山；展示厅里的各类珍果、果子酒等产品，讲述了新的农事。旁边的观景台，可沐山里山外的清风。想象中这里的夏夜，是月光如水，蛙声逐浪；是群星闪烁，荧光片片。曾经的土山包，成了乡村另一个天地。流鼻蜓这个童年伙伴，几十年不见，不仅换了模样，也换了头脑。没到过现场，无论怎么想象，也想不到十几岁时鼻涕还擦不干净的他有此杰作。这可是集果树、园艺、建筑、创意于一身的农庄。套用一句近日常用的话，"厉害了，流鼻蜓！"

流鼻蜓的农庄是在水尾那座桥建起时开始兴办的，也就是1990年。当时是油柰园和一些荒废的茶园。那个人因转行要把柰园转让，流鼻蜓看准而承接。多次邀我去看看，还要我为他的李子注册品牌起名字。品牌名字我起了，并注册成功，但农庄就是一直没去。我虽然多次回过村，为了乡村建环村公路，建设历史名人甘国宝文化广场，村水尾桥上加盖风雨廊，举办乡村文化节等等，每一次回村，乡村总有新语，新话题，总有新变化。水尾桥加了风雨廊，成了一座风景桥，且取了个"聚福桥"的美名。为了车辆通行，就在这风景桥的下游又建起了一座水泥桥，如今再也没有人提到蜈蚣过桥的事。

于山水，时光是四季的美容师；于村庄，改革则是最高明的风水师；于乡村里的人，改革又是最智慧的开导师。鼻涕蜓在村东办起农庄，甘振山在村西南开辟了桃园；甘代林在村正西那座被誉为乡村八景之一"半江沉月"的小山梁上建起了休闲农庄；还有，还有人在村北建起甘国宝山庄……

2018年初夏，我终于到了流鼻蜓的农庄，站在他建的高高的观景台上，阵阵清风，吹得我耳聪目明，看到白鹭翔飞，看到花开点点，看到果树挂果，看到溪水清流；听到农庄干活的轻声说话，听到旅客声声赞叹，听到廊桥里的老人回忆着过往，听到历史名人甘国宝故居修复的锤击声，听到村委会里有一群人正商讨着如何打造和申报3A级旅游村……

打造海岸线上的图景

◎ 冯文喜

一

从硖门渔井码头出发，渡轮沿东南方向行进，碧波浩瀚，岛屿星布。其中数嵛山岛最为庞大，远望如一座巨型航母漂浮于海上。"突出海中，如吐舌然"这个像舌头一样伸到大海中的众多的岛屿，汇成长长的海岸线。

嵛山又名盂山，是以其形如盂盆而得名的，不过，现在人们借助航拍器，从摄制的图像中可以看出它的整体模样。围绕着海岸线，有大嵛山、小嵛山、鸳鸯岛、鸟岛等多个岛屿组成，美其名"福瑶列岛"。若要到岛上去，可经古镇、牙城、渔井、秦屿、沙埕等地乘船进岛。不同地点，坐船时间也不一样，现在人们都会选择在夏季来旅游，一般会来硖门坐渡轮，时间只要六十来分钟。嵛山还被誉为"海上天湖""南国天山"，因岛上存在着天然淡水湖而充满神秘感。早在十几年前，嵛山就被评为"中国十大最美岛屿"之一而享有盛名。围绕淡水湖，周围是壮阔的绿色草场，碧柔如毯，让人们疑似北国风光。岛上还有红纪洞、古寨岩、明月潭等自然景观。各个渔村或澳口、港湾，都盛产有贝类和鱼类，在岛上可以尽情体验海边拾贝、海中垂钓，感受海岛的野趣。自2018年至今，嵛山已连续举办三届海岛渔旅文化暨户外体育嘉年华活动，将海岛旅游、户外运动、海洋文化有机融合，提升为全域旅游的首选品牌景区。

在小白鹭坐渡轮可到达台山岛，它是福建省境内距大陆最远、公海最近的岛屿，由西台、东台等几十个岛礁组成。由于长年海浪冲刷、雕琢，形成台山列岛丰富奇特的海蚀地貌，尤其是雨伞礁，更是海上独特的自然景观，堪称"海上公园"。台山因"秀耸若台"故名，列为"八闽上游第一门户"，是闽浙海上交通的咽喉。台山岛上渔民主要有王、林、张、郑、谢、施、鲍、曹、刘等姓，清末至民国年间，来自福州一带。那时，渔民祖上从长乐走陆路经霞浦至秦屿，再乘船到台山，有口头禅"几块岩石挡风沙，一片草蓬便是家"形容海岛在20世纪的艰苦生活。而后，岛上居民纷纷内迁秦屿、沙埕等地，也有部分人迁回长乐祖地。台山列岛周围是闽东的主要渔场，盛产黄鱼、带鱼、鳗鱼、鲳鱼、贻贝等。这里的淡菜用清水煮后气味甘美、清淡，深受游客的青睐。2003年，台山列岛设立厚壳贻贝繁殖保护区，以加强保护意识，禁止过量采挖，以免资源枯竭。1991年西台山灯塔奠基并落成，岛上基础设施不断改善。1997年设立台山陆路交通码头，现在西台山共建有四个码头，原供销站一带是最为繁荣的地段。2011年，在西台山码头设立地碑。码头澳内停泊着不少渔船、游轮。随着人们对海洋旅游体验的升温，台山人正在逐渐返回海岛，充分开发利用祖辈留下的居住房，纷纷办起民宿、开起旅游饭店，也进一步推动了海岛养殖业的新一轮创业。

在嵛山东面有七星岛，由多个岛礁组成，以浮于海面如七颗星星而名，大者东星、西星二岛。附近的日屿又称鸟岛，被誉为东海之滨"鸟的天堂"。屏风山在水澳、敏灶湾前，横列如屏，俗名荡山，又叫冬瓜屿，当地渔民说其形似"金龟"在大海中遨游。海上出产有各种鱼虾、贝类生物，吸引着喜爱野外体验生活的人前来垂钓。处在嵛山南部、海道分界点上有一处岛礁，即青屿，岸上渔村即冠以岛名"青屿头"，它也是七都港、八都港合流之处。往南而下，即三沙、烽火岛、北澳岛、古桃城、东冲口，以其悠久的海洋历史，堆积了一份厚重的海岸人文。嵛山北上苍南马站，也散落无数大大小小的岛屿，最大者为北关和南关二岛，成为闽浙东南沿海临界处。

如今，这些闽浙东南美丽、神奇的海岛，已是人们热衷旅游的地方。2011年，庄奴先生撰写《嵛山岛组曲》："你让我由早呀盼望盼到晚，盼到了今天才相见。大海蓝天，绿水青山，点缀着岛国的大自然。海礁沙滩，石屋渔船，陪伴着岛民的好伙伴。"歌词通俗易懂、朗朗上口，唱出了大海的风貌与景观，抒发了对海岛的挚爱与向往。人们对岛屿的建设与讴歌永不止这些……

二

滨海渔村城堡，是我们早期先民的家园，现在是渔村里的风景。旧时家园当延续建设，当永久铭记。走进一座座城堡，梦回一次次筑城旅程。站在城头，遥见远处的阑珊灯火，让人们看到山海城乡建设变化的新面貌。

福鼎的桐山城是自然历史人文的高度融合，群峰环拱，两水襟流。西北有叠石、汾水二关，蜿蜒磅礴，雄秀一方。最为称著的是"桐山八景"。寻访历史遗迹，吟诵百年诗篇，共绘锦绣桐山，是我们这个时代的梦想。福鼎这座既古老又年轻的城市，文功武治，出现过多处颇具规模的建筑群，并形成街市，是城市地域文化的组成部分，尽显滨海山区建筑烙印。城关成了茶叶集散中心，出产红茶、绿茶、白茶、黄茶，备受北京、上海、广州、福州茶商的青睐。鱼市、茶叶和传统制造业带动了集市商贸发展，催生了城中街巷交错互通、灵动便捷的格局。街巷反映了行业特色，记载着工农商渔业发展历史。人们的生活习惯、风俗礼仪、道路交通也在这里刻下了深深的烙印。走进一条条有历史文化品位、美食、茶叶的街巷，感受充满浓郁山海乡土文化的气息。新的时期，福鼎加快城市建设，实施"东扩南移面海"规划、建设沙埕湾跨海大桥，进一步发挥自身山海资源优势，主动对接外面的广阔世界。

地处东南沿海的秦屿，有"万古雄镇"之称。在明初期，就筑有秦屿城堡，是境内沿海最大一个城堡，设七个城门，相互之间的通道则形成街巷。城西涌金门这一带人烟稠密，形成连片的民居群。有横子头、后岐形成市场，经原来供销社处，后来形成的叫十字街，是秦屿的黄金地段，最为繁华。讨海渔船归航，鱼鲜大都送到后岐。原地理环境是秦屿在海中，称为"莲花地"，仿福州的"三山"，秦屿也有"小三山"之称，小三山指麟后山、康湖山、积石山，街市巷道依地势而筑。踏进城中街巷，现在后街、岭后保留得比较完好，触摸那时的城门、城墙遗迹，恍然在与时光对话。

海面碧波漾漾，渡船来往频仍。巽城地理位置优越，水陆交通发达，北进八尺门，抵达城关，东面与沙埕港相通。明清时期，巽城人筑城开渡，在海边谋划渡航，开创渡口。民众以务农和渔业为生，经营茶业或贸易发家致富，创造了繁荣的古镇文明。古巽城营建有多处四合院式的砖木结构民居，至今仍可见到如"姥峰拱秀"的泥塑门楼，代表了江南滨海民居典型区域建筑风格。现在这个渔村被列入中国传统村落、历史文化名村。巽城渡因茶叶而兴，当时福鼎茶叶由此走向"北线海丝之路"，人们都认为巽城渡是茶叶推动起来的古渡，浪涛里也流动着茶香茶味。渡口东向是长屿岛，横卧海面，滩涂地显露出一片浓密的红树林，宛如海上绿洲。每年这里总会上演龙舟竞渡习俗，它与轻轻划过海港河道的归舟帆影，汇成一幅宁静远古的海光图卷。

小筼筜位于太姥山下、东南海滨。这一带海岸风光瑰丽，有成片的防风林。附近有牛岭头、金鸡洞、石门硖等自然景观。相传，有只金鸡在山洞中修行，后来形成金鸡穴，是一处风景名胜。在这里，晨可观日出，暮可观日落。有渔船来回穿梭，奔波于海上养殖作业，构成了山海壮观图景。每年临近端午，虎头贝、曲鼻、龙山头等地渔民都要划龙舟，保平安，求丰年。这里曾是海防咽喉之地，所以，福宁在此修筑城堡，叫作小筼筜堡。福鼎东南沿海地带的水澳、南镇上澳、黄岐及大筼筜城堡，也是在这个时间派出卫军来城堡防守。有村民说，在城堡旧址上，有零碎的瓷器不断被发掘出来，大家将这些文物收集好，统一放置到村部展示室，让人们直观地感受到一份这里的厚重的历史。

位于硖门双狮山后脊，处在福鼎与霞浦交界的明代石兰城堡，于2011年，被列入福建省级文保单位，2019年，被列入中国传统村落，是福建沿海城堡文化的重要组成部分。石兰邓氏先祖聚族而居，从现存基地可以看出，以石堡城门为入村口，须穿一条长长的古巷道，分口通往其他民宅。内设水井、水池、花圃、通廊、防火墙等，整个村落保留原有的格局。还有保护完好的古榕树、古樟树、古藤多株（处），有成片的古森林。石兰紫菜更是享誉盛名，为天然佳品，远销香港、上海等地，名声在外。拥有丰富的旅游资源和沿袭先祖拳棍术等非物质文化遗产，吸引了国家、省、市各界人士的目光，他们纷纷撰文、摄影、报道，推动了传统村落的建设。

我们还踏访蒲壮所、凤城、大金、赤岸、屯头、玉塘、藤屿、水澳、官城、黄岐、财堡等地，走进城堡所走过的那一段历史。海边城堡人在新的时代里，以更高的起点、更新的思维，建设着城堡家园。

三

在阵阵海浪声中，渔村枕着波涛，将海洋的故事慢慢地叙说。人们重回海边，走进一座座渔村，感受海岸带来的一份沉稳、静谧、憧憬。人们发现，渔村是时光沉淀的产物，它带着自身的建筑风貌，不经意体现了渔人适应自然、天人合一的生活境界与态度。

我们走到海边，看到不少渔村面貌发生了很大的变化，生活基础设施条件大大改善。有些渔村还是能够比较完好地保留一些石头房的，像台山、南镇、官城、水澳、白鹭、黄岐、渔井等村，随着渔民迁入城镇居住，部分遗留下的渔屋，在海涛声中静默守候着岁月的风帆。

在传统民居建筑中，海边渔村的石头房往往被人们忽视。石头房用我们本地话叫石头厝，又称之为"海渔房""海景房"。看来，原先并不起眼的石头房屋，慢慢地被人们接受，并视之为海岸风光的一部分。沿途不少渔村就分布在海岸上，当时渔房的建筑用料主要就是就地取材的花岗岩石。海渔房有以下几个特点：石头色泽明亮，质地比较坚硬，所用石块造墙坚实牢固，每年六、七、八月是沿海台风期，采用石头砌造的房屋抗台风性能好。屋内采用木质材料，一般是隔上下楼设置。屋顶上铺瓦，用石块压顶，石头房屋能调节气温，有冬暖夏凉的效果。在当时生活水平条件下，海渔房普遍被渔民接受。相对集中的渔村有利于人们从事渔业生产和相互交往。人们其乐融融，有一种邻居的亲切感，这是现代居住条件下城镇化生活的人所体会不到的一种氛围，也是上一代海边人的乡愁。

南镇上澳石屋原是渔民的居所，依澳以石块构筑，颇具规模，成为滨海渔村民居建筑的一大景观。南镇历史悠久，其名最早见载宋淳熙九年（1182 年）《三山志》，它是闽海之头，也是闽浙海边临界处。这个半岛有上、中、下三个澳，明代同时设置上澳、下澳两个城堡，并以"古寨"名，这在现在很少见到。南镇林姓是最早的迁居族姓，以姓堂号"九牧"名其地，人口稠密，后来陆续有王、肖、姚、潘等姓随之迁居，创建码头、街道，成为南镇最为繁荣的地段。在上澳居住的渔民，为外来迁居的姓氏，明末清初，他们的祖上从外地迁徙本地后，世代相衍"出以行舟，居以石屋"，开始了牧渔的海洋生活。

海渔房构建类型大致可分为石头屋、石砖屋、砖瓦屋。沿着半岛仄逼的通道石阶拾级而上，人们在这里可以看到一座城门巍然洞开，延伸着一段高高的石城墙。所建石屋规模较小，以糙石构建，一般只设门窗各一个，低矮的模样，像是几乎都要贴在地面上，但走进屋内一看，却发现挺宽敞的。石砖屋大都以三五榴独立构建，花岗岩外壳石墙主要采用平砌、交错叠加方法为主，门面墙基座宽实，往上逐渐缩小成梯状，有利于屋内保持最大空间，并增强牢固性。渔房墙侧下都留下一条或深或浅的排水沟，这是渔民的智慧，遇上暴雨或台风天气，这些水沟起到了很好的排洪作用。砖瓦屋具有山地古民居质朴、内敛的风格，以单体建置，加上瓦片的黑灰色调，烟窗透出缕缕青烟，描摹着一帧浓郁的渔村风情图。

南镇在海岸线上之北，而渔井刚好是处在福鼎沿海的南部，现在人们可从渔井码头坐渡轮到嵛山岛。渔井有"上渔井""下渔井"之分，靠海边的是叫下渔井，也叫渔井里。渔井曾是福鼎"三大"特色渔业村之一，渔民主要有林、郭、施、陈、张、魏等姓氏。这里的渔民先祖是从泉州安溪一带于明末清初迁入，至今有三四百年的沿海徙居生活史。发展至今，这个渔村也留下了比较完整的上规模的石头房，依着海岸，层层叠叠，或踞或蹲，或横或竖，把村庄组合在这块美丽的海岸上，人们曾戏称这里是"小上海"。随着沿海旅游的开发，尤其是在嵛山岛的旅游发展带动下，这里的石头房渐渐被人们赏识，并催生了滨海民宿的新一轮兴起。

一个时代又一个时代过来了，渔民们世世代代的艰辛创造，他们的大海日子和浪里人生，赋予了这一个个石头村庄无限生命活力。海渔房以其宽厚、磅礴的自然气质，散发出独特魅力，吸引着人们重回海的故乡。

听风鸾峰桥

◎ 叶家坤

冬日夕照里的鸾峰桥尤显沧桑壮美。走进下党村，不经意间就进入了一段怀旧时光。

十年前的一个冬日傍晚，我在这里偶遇了一幅山水诗画：一片错落有致的民居，一潭清幽如镜的溪水，一座古老雄奇的廊桥，一位朴实沧桑的老农倚靠在桥门廊柱上，悠闲地抽着旱烟，一圈圈青烟从头顶上升腾……烟圈里的时光静谧得令人屏息。老人微闭双眼，似乎在聆听。光阴于他而言，就像渐次散去的烟雾，曾经有过、慢慢走远。这样的时刻，山野里的清风盈盈来到桥头。老人头顶上的烟雾渐渐弥漫开来，缥缈而去，恍然间点开了近处、远处民居上的炊烟。老人与廊桥、炊烟、村落融在一起，浓郁的乡土气息氤氲开来，弥漫在整个村庄。

老人一定听到了什么。我想，那是如约而至的风声，在廊桥上来去吟唱老人与桥一样丰厚的岁月记忆。

暮色催人。我和同事匆匆别过鸾峰古桥，从桥畔小路上山，走一个多小时山路到上党坑底自然村，采访一位放学后才徒步赶回家照顾唯一亲人的女中学生。这个花季女孩命运多舛，四岁前辗转了三个家庭，现与一位年逾八旬、疾病缠身、没有血缘关系的奶奶相依为命，

80

生活对于她们是严酷的。当地的多方接济让她们感到温暖，重压之下的祖孙依旧顽强。我想，让这样顽强的生命体验感动更多的人，让更多的人来关怀这样的民生，也是一种精神扶困。

采访过了晚餐时间，我们才循着稀疏的星光离开这个偏僻的村落，到上党村干部老杨家借宿。老杨和家人为我们的认真而感动，给了我们很高的礼遇，让我们领会了当地民风的淳朴。饭后围拢来拉家常的几位乡亲给了我们很多赞誉。"真是好领导！"这可能是他们能给出的最高评价了。我们一再说明只是普通记者、只是分内工作，乡亲们依旧充满敬意。一位忠厚的老村干跟我们说，我们是见过大领导的，走过这个小山村、走进农家门的领导我们都记得。农家俗茶清香袅袅。在乡亲们动情的回忆中，再现了一段令上党村民无比自豪的往事。十多年前，建乡不久的下党依然水、电、路"三不通"，一位年轻的"地府"（方言，知府）从邻乡出发，徒步山岭经过村里到下党调研扶贫，在鸾峰桥上现场办公、休息、吃饭，成就了一段党群连心的美谈。国家级文保单位鸾峰古廊桥被赋予了新的历史内涵。乡亲们沿用古代的官名称呼地委书记，用最朴素的方式表达了对好官的敬意与期待。此后，乡亲们熟稔的"地府"还曾两次深入下党，给特困乡群众带去了组织的关心与温暖。下党人民口口相传的亲民"地府"不负期望，从鸾峰桥头踏着坚实的步伐一路北上京城，为举国民生继续奔走，从"州县吏"到"治天下"，下党风骨从未淡去，下党之行念念在兹。鸾峰桥成了最好的历史见证。

岁月了无痕，秋风今又是。秋冬之际，我又站上了鸾峰桥。在重走当年那位"地府"艰难跋涉的山路，再次体味为民务实的传统后，来到这座被乡民奉为圣地的廊桥上。两岸林木葱茏，秋叶如花。桥上回响的习习风声涟漪不绝，正在被更多的人听到。充满农家风情的鸾峰桥迎来越来越多的贵客光临。

清风拂面，盈盈入耳，思绪已然随风荡漾。想着今日当年，感慨物是人非，那些熟悉的，抑或曾经擦肩而过的人们，都在悄无声息的时光中老去，在日渐老去的嗟叹中可曾留下些什么？不知鸾峰桥何以让我如此亲近，我甚至不知自己何以徘徊于此，就能轻松摆脱世俗的挣扎。溪流重泛新波，老树又出新芽。十年前关注过的苦难女孩如今已长大去了他乡，逐渐走出温饱困境的乡民给了我们更多惊喜，廊桥被保护得干净整洁、清新古朴。上溯百年，桥上过客无法数计，熙熙攘攘利来利往中，可有几人真怀悲天悯人之心，又有几人不是为了私利而战？

桥下清溪长流不息，有如民力；桥上木板历经风雨，古朴依旧，犹如民风。若循千里把泪焦桐，何不就近聆听风声。

肝胆长如洗，民瘼尽可消。鸾峰桥上清风长驻，回声绵远……

你华丽转身的模样，真美

◎ 卢彩娱

　　朝花暮日，春去秋来，时间像风一样，带走了许多过往，也让家园发生了巨大的变化。此时，清风曼妙，道路两旁树影婆娑，高耸的楼群在艳阳的照耀下流光溢彩。广场、公园、小桥，绿树、繁花、笑声，置身于这样一个芬芳无垠的地方，你一定很难将它与贫穷联系在一起。寿宁曾是一个省级特困县，乘着宁德撤地设市的春风，从"穷乡僻壤"到"生态茶乡"，从环境"脏乱差"到"山清水秀"，家乡实现了精彩蝶变，走出了一条乡村振兴的发展之路。

一

　　"地僻人难至，山多云易生。"这是明代寿宁知县冯梦龙在他的《戴清亭》中对寿宁的描述。"车岭车上天，九岭爬九年""二三星斗胸前落，百十峰峦脚底生"的民谣更是形象比喻了寿宁的高、远和交通的落后。有民谣这样唱道："开门就见山，出门就爬山，运输靠扁担。"乡村群众有三怕，一怕生病，二怕挑粪，三怕猪肥。绵绵大山，山路弯弯，除了走路还是走路。到20世纪的八九十年代，乡民到县城卖山货、走亲戚，乡村的孩子到城里读书，还要翻山越岭，相当多的时间花在崎岖难行的山间小道上。同班同学有来自农村的，一到周五就跑课，他们得利用周末时间回家帮助家里干些农活。到了周一，背上能吃一周的米和咸菜，一路跋涉，回到学校。这样的来来回回让他们的脚底磨出了坚硬的茧子，肩膀磨出流血的泡子。走出大山，成了他们最大的梦想。

我的大学是在福州念的。当年，从寿宁到福州，要乘一天的车。每次去上学，我总是要在凌晨就起床，乘坐的客车五点从寿宁出发，一路九曲十八弯，颠颠簸簸，到傍晚五点才到福州。饥饿与晕车的折磨，总是让我在此后两三天的时间里都缓不过劲来。

时隔二十年，这个"地僻人难到"的地方，建设者们凿隧道、架高架桥，开通了高速路，不久还会通高铁。寿宁人实现了"早饭在寿宁，午饭在福州""周末游杭州"的梦想。而村村通公路的实施，让所有乡镇到达县城的时间缩减到了半个小时内。乡间公路还在延伸、加宽。家乡道路的巨大变化，是我国道路建设日新月异的一个体现，更是人民群众安居乐业、各项事业蒸蒸日上的一个缩影。

二

寿宁地处闽浙边界，明景泰六年（1455 年）置县，境内"九山半水半分田"，层峦叠嶂，地无一处平。冯梦龙在《寿宁待志》里这样形容寿宁："城围万山之中，形如釜底。"县城狭小，坐落在一个带状山间谷地"夹皮沟"内，大多数房屋依山而建。"小小寿宁县，三家豆腐店，衙门打屁股，全城听得见"。老城区（包括茗溪新区）仅 1.26 平方公里，人口 4 万多，人口密度大，基础设施落后，居住环境差，发展空间窄。从 2008 年开始，寿宁县干群不等不靠，敢于跨越，发扬自信自强、苦干创业的精神，着力推进县城东部建设。经过多年努力，在原是荒郊野地的蟾溪河畔，推高山，引河水，再造了一座承载着当地发展希望的新城。目前县城东区入住人口 3 万多人，已形成"一城山色半城湖"的城市格局。如今的东区新城，以水为系，以桥为魂，绿山绕城，三横五纵，风生水起。踏夜色观看东区盛景，只见灯炬虹桥，倒影绚丽。景观长廊、园林绿苑回转泊幽。广场音乐、舞蹈，热闹非凡，笑声、歌声此起彼伏，一派幸福祥和的景象。

三

由于山高地贫，寿宁经济发展十分缓慢。"火笼、棕衣、番薯米"——被称为寿宁三件宝，火笼当棉袄，棕衣当被躺，番薯当粮草，在很长一段时间内，这就是寿宁人呈现出来的生活状态。但是靠山终得养好山，才能吃得了山。近年来，寿宁贯彻落实习近平总书记"绿水青山就是金山银山"的绿色发展理念，立足资源优势，因地制宜，走清新、生态发展之路。全县森林覆盖率达70%以上，原始森林和原始次生林得以保护，被称为"天然氧吧"。环境好了，城镇靓了，村庄美了，清新的生态环境，吸引了越来越多的外地游客前来旅游观光。走进寿宁，徜徉在山间林海，轻轻袭来的是花香、草香。微风拂过，清亮的绿色、满目的清雾与明媚的日光，一起向你涌来，宛然仙境。多少烦躁、多少忧愁就在这悠悠的静意中被安然释放。绿色成了寿宁美丽的生态底色，"福建省森林城市（县城）""中国老年宜居城市""2020中国县域全生态百优榜"等成为了寿宁烫金名片，一幅"天蓝、水清、城绿、村美"的生态文明画卷正在描绘。

下党乡是寿宁最边远的山乡，素有寿宁的"西伯利亚"之称。这里曾经是无公路、无自来水、无电灯照明、无财政收入、无政府办公场所的"五无乡镇"，群众到毗邻乡镇，都得翻山越岭步行10多公里，买卖山货靠肩挑背驮。农民年人均收入不足200元。寿宁、下党的贫困问题得到了时任宁德地委书记习近平的高度重视，他曾九到寿宁三进下党，深入基层，进村入户、访贫问苦，协调解决发展问题。离开宁德后，习近平总书记十分牵挂下党的发展，曾在多个场合谈起下党乡的故事。

习近平"三进下党",谆谆话语、殷殷嘱托,为寿宁的扶贫工作指明了方向。寿宁人民感恩奋进,发扬"滴水穿石""弱鸟先飞"的奋斗精神,齐心协力,在绝壁上修路、在大山中谋发展,经营茶园,发展旅游和现代农业。如今,下党乡的路通了,从县城1个多小时就能到达下党。下党人民践行习总书记"绿水青山就是金山银山"的理念,像保护眼睛一样保护着青山绿水,村居环境优美了。近年来,下党乡根据海拔、气候和地理条件优势,大力发展茶产业,全乡茶园种植面积6008亩,高优品种茶园种植面积3850亩,大力发展创新可视化扶贫定制茶园项目,打造"下乡的味道"品牌等。2019年下党乡的定制茶园全年订单达到1060亩,为村民们带来了切切实实的收益。村民富起来了,2019年,下党乡人均可支配收入14777元,是30年前的70多倍。乡里最后一批贫困户全部脱贫。

得知下党实现了脱贫,乡亲们的日子越过越红火,中共中央总书记、国家主席、中央军委主席习近平2019年8月4日给福建省寿宁县下党乡的乡亲们回信,祝贺下党实现了脱贫,鼓励下党乡亲发扬滴水穿石精神,走好乡村振兴之路。字字暖心、催人奋进,习近平总书记的回信,激励着下党乡广大干部群众。下党乡的今昔变化表明,滴水穿石的精神是实现脱贫的重要保证,大家表示一定要继续发扬下去,把下党建设得更加美好,不辜负习近平总书记的殷切希望。

寿宁茶叶种植历史悠久,农民长期以茶为主要收入,但由于普遍种植小菜茶,品种单一、产量低,茶农的收入很低。茶农平均每户的茶叶收入仅有二三百元。近年来,寿宁以产业振兴作为实现乡村振兴的首要与关键,大力推动茶产业振兴发展,打造出云生雾养的"寿宁高山茶",茶叶从过去的单一品种发展到现在的白芽奇兰、金牡丹、金观音等6个品种。茶产业规模化发展,茶园面积、茶叶总产值不断攀升。同时,茶叶市场异军突起,带动了全县70%的农户脱贫致富。随着品质的提升、品牌的树立,茶农的收入成倍增长。茶农采摘一季春茶的收入占其全年茶叶收入的一半以上，各乡村呈现出日新月异的良好景象。全县 70% 的人口从事"寿宁高山茶"相关行业，茶叶的产出效益事关乡村的振兴，靠着茶产业，农民的日子越过越红火。

漫山的青绿，满园的浓香，当茶与旅游相结合，致富的路更宽、更广了。赏美景、品茶香、纳清凉、享野趣，寿宁县将茶业发展与乡村休闲度假旅游业结合起来，开启了乡村振兴的新篇章。走进寿宁大多数乡镇，进入你眼帘的是满山的茶绿，茶园里可见人影晃动，有的是采摘茶叶的茶农，有的是慕名前来拍摄茶园风光的游客。茶产业链的不断延伸，使生态茶乡的资源优势得到充分挖掘，茶业富民、茶旅富村，绿色、茶香正在成为老百姓的致富金山。

在寿宁，绿水青山就是金山银山的生态发展之路正绽放着迷人的魅力。寿宁人民发扬"滴水穿石""弱鸟先飞"的精神，从贫困到脱贫致富的华丽转身，书写了人间奇迹。"幸福都是奋斗出来的。"打开山门后的寿宁百姓，在前进路上还将继续奔跑，去收获更多的幸福，更美的未来。

鸳鸯溪，你在哪里

◎ 甘湖柳

回想在校园时，说起我的家乡屏南，那可是一个陌生的地方，他们问，屏南在哪里？宁德又在哪里？又有许多人问屏南县是不是那个海岛"平潭县"。更多的人不知道白水洋是在屏南县，而白水洋是鸳鸯溪景区的一部分。即使有人前来，长途颠簸到福州或宁德站，再沿着路况更差的弯弯曲曲山路到屏南，一天的旅途劳累，也使游兴打了折扣。

有这样一段顺口溜，是从前闽东落后交通状况的真实写照："闽东老少边，公路绕山边，铁路沾点边，坐车老是颠"，路面不平，尘土飞扬，弯道众多，险象环生，晴天一身灰，雨天一身泥。那时，由于交通不便，闽东景点众多、生态良好的旅游资源一直没能得到开发，宁德也因此成为我国黄金海岸的断裂带。回首那些年，在闽东大地上，最能触动人心弦的，是脚下的路——路啊，路，你何时天堑变通途？

二十年前，罗宁高速公路宁德段、飞鸾岭隧道相继建成通车，打开了闽东的山门；十年前，温福铁路的开通，带动闽东率先跨入了海西"高铁时代"。它们接通了闽东与全国交通网络的大动脉，拓展了闽东与外界的联系，为宁德的发展插上了腾飞的翅膀。

而作为这条大动脉上的一根毛细血管，宁屏二级路，是多年来屏南人民最深切的盼望。曾经，有这样一句顺口溜——屏南，屏南，又贫又难。她的贫，归根结底是交通的落后；她的难，难在万水千山的阻隔。屏南地处山区，交通极不发达。不过，也因为地方偏僻，工业产业欠缺，所以使得很多的自然风光、风俗人情得以完好保存。这里有天下绝景白水洋，这里有优美传说鸳鸯溪，可是无论这里景色多么迷人，路不好，人们望而却步，多么想来，又不敢来。路啊，路，我们要依靠着你，让现在的屏南，有点名堂，让明天的屏南，闪耀江南。

　　2004年，宁德至屏南二级水泥路动工，历经三年奋战，这条投资3亿多元、被称为白水洋旅游生命线的道路才全线竣工通车。2007年屏南至宁德二级公路的通车，让行车时间缩短到不足两小时，山区人打开山门的梦想逐步成真，人们的欣喜无法言表。公路延伸到家门口，沿途乡村将近万亩草场和山林，通过招商进行开发了，蕉城早熟的枇杷、晚熟的龙眼，还有公路沿线的温棚草莓、高山绿茶、反季节蔬菜等，纷纷融入到农副产品的物流、信息流和资金流中；沿途的支提山、霍童溪流域与屏南县白水洋旅游线路对接了起来。当车辆驶上这条宽阔的大路，大路两侧，风光如画，一边是霍童溪碧水悠悠，另一边是天星山郁郁葱葱。路啊，路，这是一条铺在青山绿水间的黄金路，你给周边人民带来了财富。

　　仅有一条二级公路远远不够，那只是跨出万重山的起步，我们还需要更多、更高质量的通村公路、县际公路、高速公路乃至高速铁路，形成不同等级、更加通畅的路的交响。此后，屏南殚精竭虑地争取宁武高速屏南连接线、京台高速屏古连接线建设和衢宁高铁经由屏南并设站，打通了一条条通向远方的希冀……

　　传说，在白水洋的河床底部，埋藏着一个巨大的聚宝盆，只是一直没有人来发掘，任那白花花的清水，从古流到今。同理，官井洋也是，三都澳亦然，一任哗啦啦的潮水，肆意漂流。而开发旅游资源，就是寻到了真正的宝藏，山海川岛，闽东大地一派欣欣向荣的旅游开发景象，不禁让人心驰神往。

宁屏路一通百通，白水洋一呼百应，自从 2003 年温福高速路通车以来，闽东经济插上腾飞的翅膀，白水洋也迎来生态旅游的契机，第二年，在平坦的洋面上，现场举办了第一届"中国·白水洋文化旅游节"。2005 年，白水洋以高分被评为国家地质公园。而在 2010 年国庆节，联合国教科文组织在遥远的希腊宣布，宁德地质公园被正式列入《世界地质公园网络名录》，消息传来，屏南山城沉浸在欢乐之中，举行隆重的踩街活动，庆祝白水洋与太姥山、白云山联合申请世界地质公园成功，宁德旅游业从此有了一张世界级的"名片"。山还是那山，水还是那水，白水洋美景逢良缘，几年间声名鹊起：中国完美假期十佳旅游线路、白水洋国家地质公园、白水洋国家 AAAA 级旅游区、鸳鸯溪国家 AAAA 级旅游区、天星山国家森林公园和中国鸳鸯之乡、宁德世界地质公园国家 AAAAA 级旅游景区……每到夏天，来这里的游客持续增长，每逢双休日，进入白水洋的旅客都在万人以上，为了保护生态环境，景区不得不采取限客措施。火爆的场面，折射出白水洋打造"国内一流、世界知名"旅游品牌的成效。

十年前，人们从全国各地赶来，远方的人下了飞机坐高铁动车，近距离的自驾车辆，沿着同三高速公路而来，在漳湾下高速，拐上宁屏二级路，一个多小时后就到屏南县。如今，宁武高速和京台高速连接起的高速路网，将行程缩得更短，早上出发，下午就可以到达有亲水游"龙头"之誉的白水洋景区，感受清凉的"十里水上长街"，零距离接触这世界上最大的浅水广场，体验百米天然冲浪滑道的刺激。第二天，踏着山间凉爽的清风出发，游览全国唯一的鸳鸯猕猴自然保护区，体验凌云栈道的惊险与刺激，欣赏壮观优美的瓮潭、鼎潭、小壶口瀑布、千叠漈，观看全国五大水帘洞之首的百丈漈水帘洞，然后，进入这座全国首创的生态型竖井电梯，游客从潇雨成烟的山脚乘电梯上来，一出洞口，瞬间从仙境回到了人间，给人带来无比神奇的感受。

凉爽的夜晚，淳朴的居民，潮涌的游客，新绿亮洁的街道车水马龙，行人如织，融合成和谐的山城小夜曲。听着街边小店播放的《鸳鸯溪，你在哪里》《鸳鸯溪，我的温柔之乡》，或是《神秘的白水洋》等歌曲，享受着山城醉人的夏夜。都说"熟悉的地方没有景致"，想想我们生长于斯，住在这爱侣圣地、鸳鸯故乡、猕猴乐园、人间仙境，自豪之感顿生胸臆。

黄田之珠

◎ 许陈颖

　　传说，蚌腹生珠，逢月明夜静，蚌开，对月流珠。珍珠收天地精华，晶莹剔透，呈于世间。李商隐有"沧海月明珠有泪"，珠之泪是光华，是夺目，一如林耀华先生的《金翼》。

　　古田县黄田镇凤亭村，闽江之畔一个巴掌大的小村庄，却如蚌，孕育一颗极为璀璨的珍珠："金翼之家"。它缘起于中国人类学、民族学界泰斗林耀华的《金翼》，一部在民族学、社会学领域影响巨大的学术著作。70多年前，林氏族人在此繁衍生息，并在历史的舞台上轮番演绎着家族的兴衰沉浮。如今，这里不仅是名人故居，更是学术传承的基地，吸引国内外的学者、游客参观访问，络绎不绝。

　　午后时光，闲翻《金翼》，被其独特学术经验的流畅表述深深吸引。没有预期中复杂的理论构建，而是以描述的方式讲故事：家长里短、成功失意、生死爱恨，林耀华的笔触细腻而深刻，描正如人类学家弗斯评价说"如竹叶画一般，其朴素的形式下隐藏着极高的内涵"。"这种极高的内涵"指其学术成就，"朴素的形式"指的是其小说的写作笔法。在一个开放性的话语世界里，《金翼》呈现出来的不仅仅是林耀华先生深厚的学术功底和文化教养，更重要的是，它具备了生机勃勃的活力与进入普通读者阅读范畴的魔力，而这种能力与林先生的故乡，与黄田，息息相关。

黄田镇的"金翼之家"是林耀华生命的出发地，也是他认识中华乡土社会的活水清源。作为一个与中国农村生活保持着密切联系的学者，林耀华先生自小生活在农村，他了解农民生活，切肤地感受着乡村经济的变化和各阶级的日常点滴，熟悉乡村各方面的知识、习惯、人情及生活在其中的人们的欲望和理想，深刻地理解中国乡土的生活、思想、情感，从而在描绘景物、描写人物时，能够以中国农民的感觉、印象为基础，用他们的眼光来观察，用他们的心灵来感受。

林耀华的人生经历决定了他与乡土、农民，与民间文化形态之间有着天然的血肉联系，即使他后半生离开故土，前往燕京大学、哈佛大学就读、深造、从教，但来自故乡民间文化中的乡土之根始终伴其身后，如影随形，或许，《金翼》小说似的娓娓道来恰恰也是林先生潜在的故土民间的观念：以一种通俗易懂、来自民间的叙述方式，使他的作品呈现出传统学术论文难以企及的鲜活与生动。

"金翼之家"带着这份独特的个人经验融入整个中华民族、甚至是世界之间的联系与流转中，使它们之间有了对话与交流的能力。"因为我们知道，命运就是人际关系和人的再调适"，这是林耀华先生对中国乡土文化的认识。《金翼》的主人公黄东林和姐夫芬洲一起由农转商，共同经营，小日子越过越红火，但随后，不公官司、小店破产、土地纷争、孩子被绑票、家业骤毁等各种灾难接踵而来，人际关系的网络从毁坏、到调整、再到重建，才有了金翼之家的荣耀与祝寿宴时无比的光辉。反观张芬洲一家，在人丁的不断损失中逐步走向衰落。很大程度上是因为对人际关系的变化未能做出及时的调整。"人与人之间就像是一个用有弹性的橡皮带紧紧连在一起的竹竿构成的网，这个网精心保持着平衡，拼命拉断一根橡皮带，整个网就散了，每一根紧紧连在一起的竹竿就是我们生活中所交往的一个人，如抽出一根竹竿，我们也会痛苦地跌倒，整个网便立刻松弛。"

"金翼之家"若是一颗闪光的珍珠，黄田就是与它血肉相连的蚌身。林耀华曾深情写道："《金翼》不是一般意义上的小说，这部书包含着我的亲身经验、我的家乡、我的家族的历史。它是真实的，是东方乡村与家族体系的缩影。" 乡土生活把富有生命力的万物及村民们所依存的日常生活联系在一起，启蒙了林耀华先生对这个世界和自身的最初观照，使他对几十年的社会变迁中所表现出来的生存需求与生命欲望都给予了充分的理解，并探及到乡村肌理的深层即"人际关系"去还原村民们的生命内涵以及与此相关的生活内容，从而打开了世界了解中国家庭制度的窗口。

老家有戏

◎ 刘岩生

戏台

关于童年，我能想得起来最有趣的地方，是戏台。

老家凤阳，是中国非物质文化遗产项目——寿宁北路戏的发源地。村里，有两座古戏台，一座在临水分宫，一座在刘氏宗祠。不过在早年，临水分宫被改建成了我们就读的凤阳小学。那座建于乾隆年间的古戏台一直闲搁着。偶有动静，便是我们的六一儿童节表演。倒是祠堂里老得吱咯作响的古戏台，人气颇高。这乌黑的纯木建筑，在乡土民间司空见惯，但它在物质相对匮乏的年代，却凭悠扬婉转的唱腔，道尽万千苦乐事，唤来十里八乡人。

实际上，在我们那一带的乡村，一座宗祠，必定有一个戏台镇守着。这戏台，在老者口中被称作"万年宝台"。它们安放在族落聚居的中心，以略显粗糙的乡土曲艺，传唱着千万年时空中细腻的人情内里。抑或是人们想借这一隅，让先贤祖训、精神操守绵延成为传家宝。于是，人在一代一代地更迭，戏在一本一本的传唱。当大地向晚归于沉寂时，戏台上的情节一波三折、此起彼伏：才子遇佳人、骨肉离亲生；英雄恨暮年、红颜叹终老；良臣洗蒙冤、奸逆得惩罚……这浓缩着善恶美丑、披沥着是非功过的万年宝台啊！演者入戏，观者动容，怎一个趣字了得。

戏班

村里很早就有个北路戏班，乡亲们叫"凤阳横哨班"。印象里，戏是从秋收后开始排练的。我第一次听戏听得入迷，是上小学一年级时。入冬以前，生产队集中各户在刘氏宗祠按劳分配主粮。我们家缺劳力，每每挨到最后一户分成，并领回一些次等的稻谷和地瓜。身为民间匠人的父亲已经出门从事弹棉手工艺，母亲带着我和姐姐等在乍起的寒风里。人们渐次挑走自己的稻粱，祠堂偌大的厅堂里渐渐空落。但古戏台上，三五名角儿依然昂扬地练声。唱词听得是捉摸不清。但我隐约分辨得出哪一段是悲苦，哪一段是喜乐；哪一段是配角巡台，哪一段是主角出场。那个演小生的运足气力出口的几句唱词，是母亲逐字解说给我听的：

过了春夏又交秋，穷生只把功名求。今日苦读守寒门，明朝骑马进高楼……

这段唱词后来每每被母亲提及。入冬的乡夜，隔着土墙巷道的祠堂，飘出关不住的音韵。它和着墙角的蟋蟀唧唧声，成为美妙的背景音乐。我们就着煤油灯写作业。一旁纳鞋底的母亲就老爱哼着这几句。顿时，少小的心里就透进了光。仿佛人世间所有受着的穷和苦，都是值得的，仿佛前头的好日子总是可以期待的。

后来的我，就愈发着迷看戏。大戏开演前，祠堂里总有一场接着一场的排练。我有时早早赶完作业，就猫进了祠堂。天一擦黑，裤管还沾着田泥的艺人就来了。半明半晦的汽灯光下，吊嗓，串词，后台对调；打马，走边，前台练功。那些熟识的大人，一改平素的言行举止，仿佛穿越到了远古。前门的步宋叔，戏里饰花脸，听他的唱腔：那锄头三百斤哪，半夜寒霜降，哀不哀叹不叹哪……真是把人世百般艰辛演到令人唏嘘。

一待大戏上演，那就气势磅礴了。每年的农历正月和初夏农忙之后，农家人一段慢时光来得闲淡而从容。"请神戏"和祭祖"闲戏"，呼之即出。这分明是男女老少最盛大的感官盛宴，也是走亲会友约心上人的绝佳时机。平日里分散在邻近小村和田间地头的艺人集结而来，十里八乡的看客也不请自到。台下有叫卖小吃的，有交头攀谈的，有架腿摇扇翘首以盼的大人，也有在人群里躲闪凑热闹、挤后台看化妆的孩童。横哨悠扬、锣鼓铿锵处，艺人们一个个从古风丽影里婀娜腾转而出，一个个古老的故事就在戏台上张扬出来了。依稀记得最好看的是《纸马记》，说的是才子遇害、佳人被掠、仙姑赠宝相助、义士舍生成仁、包拯断案锄奸洗冤的故事。人间天上，文武同台，对白诙谐，歌舞翩跹。听着听着，就有了亦真亦幻之感。那从邻村来扮演戏中青衣的女子，本身就美得养眼。化妆登台，甩一袭水袖，就把下凡的慧娘和她的遭际唱得令人百般疼怜。唱到凄绝处，一句一泪，梨花带雨，惹出看客漾起泪光一大片……

戏迷

戏演久了，戏迷就笋一般冒出来，遍布村巷邻里。

曲终人散。演员归本色，看客下田园。昨日台上的生死起落、爱恨情仇随之融入到记忆里，轮回到现实中，口耳相传成村庄往事的重要章节。在我的老家，非但在艺人嘴里，就连荷锄挖地的、打柴挑水的，大多也能随口哼来那些北路戏的唱词。我有个同屋的堂哥，下地归来进了家门，挂在嘴边的，就是戏里的开场白："文官把笔安天下，武将提刀定太平。"第一次听，你以为他昨晚看戏只记住了这句开场台词。第二次、第三次，你听着听着，就误觉自己也身处盛世里，天生我才大有抱负了。

我对戏的执迷似无可解，只是有着血脉合拍的熨帖。直到父亲去世三年后的那场村戏，一位曾和我父亲同台演戏的堂叔是这样注解的：你这样爱戏，是遗传你爸吧！他在我从业的报纸上读过我为老家北路戏沉浮写过的多篇报道，并一一收藏。

其时，凤阳北路戏班在息演二十年后，开锣复出，登场献演。地点选在曾是我母校的临水宫古戏台上。当天上演的剧目是《齐王哭将》。我不说戏里钟离春班师凯旋如何受迎获捧、极尽堂皇的阵架，单说那些父老乡亲是如何久别重逢的惊喜：人与人，人与戏。那天，母亲邀约着婶母、叔婆们早早到场。我能数得上的那些健在的村邻老者也悉数坐在了观众席上。而演过武生的我父亲、演大花的良第叔、演丑角的协弟叔公、演老生的章第叔公……皆已辞世。曾经以为生老病死长别离只是戏中事。倏然转眼，深敬深爱之人已活在前尘清梦里。眼前这影影绰绰的戏里戏外，霎时氤氲出一层薄凉来。

一曲间歇，在戏台一侧的昏黑厢房里，"老戏骨"们和我长谈，回味着那时的艰辛和精彩。说，你爸早年在"阿凯班"挑戏担，还学会上手演了武生杨宗保，那模样可威风着呢。还说，那年月"戏子"苦，后来戏班散了，他改行从事手工艺活。所到人家，能把戏里故事说得生趣绕梁，聚听者众。我少时也是父亲的故事迷。但每每好奇不解，斗大字不识几个的父辈，如何就能把戏里物事演绎得让人刻骨铭心？直到中年，方被一语点醒：留个心，处处是戏台！

待到幕落，这古老的戏台竟恍惚成童年幻影。再回首，已然半生翻页。那泥土里长出的拙朴北路腔里，依然听到有人在悠悠哼唱：

高山凹凸年年在，风吹柴门吱嘎开。日月如梭度春秋，水到江河噼啪流……

夜里几回书房梦

◎ 阮宪镇

明窗净几，笔墨精良，一间优雅的书房，从古至今都是读书人的梦想。

历史上有名的书房特色各异，书房名更是别出心裁。有如辛弃疾稼轩，蒲松龄聊斋，纪晓岚阅微草堂，毛泽东菊香书屋等等。据说对书房最考究的当属宋春舫，建在青岛的一个小小的山头上，单独一栋，环境清幽，宁静明朗，远离尘嚣；周作人的书房在北平八道湾，名之曰：苦雨斋，后改名为：苦茶庵，几净窗明，素淡雅洁，井然有序；闻一多的书房和他的书桌一样，丰富充实而凌乱有趣，他的书全是中文的线装书，令人羡慕不已。

古往今来，书房或大或小，或雅或陋，不一而论。

我的书房梦始于1987年，那时大学刚刚毕业，我是学中文的，如果只是阅读写作，一桌一椅，逼仄一些或许还能凑合得过，但我又爱好书法，因此特别期望有间书房，可以龙飞凤舞一番。但初到单位，分配给我的是两人一间的老木屋宿舍，步伐经过之处，必发出叽叽喳喳的声响，两张大床铺，剩下的空间仅够穿梭走路。

1989年我成立了家庭，有了一个小孩，单位给了我六号楼二楼的一间宿舍房，饮食起居，读书写字，全在其中，书香墨香米饭香，五味俱全。或许是生活空间过于密集，还没有书房的想法，其实也不敢有书房梦。但我有一张两平尺大小的写字桌，那是我请木工师傅安装在我家门口水泥栏杆上的。尤其是秋日的清晨，太阳透过高大的树枝，斑驳地照在我写字桌的字帖上，古帖和自然意蕴浑然一体，挥毫临帖，那可是古今的杰作啊。

时光像放电影一样到了1992年，单位调配我旧讲师楼二室一厅50平方米的套房，一家三小口加上父母亲共五人，搬上新居，那时真是喜出望外，幸福这么容易到来了！我的书房就安在父母亲住的那一间。说起书房，其实就是那卧室里多了一张书桌而已，我终于有了一张两平方米的大书桌！我写字经常到深更半夜，明亮的灯光照在父母亲的脸上，时而见他们转反侧，偶尔还伴随着父亲的打鼾声。

孩子渐渐长大了，一家五人怎么住？单位开始集资建房，大体是单位个人各出一半资金，每套92平方米三室一厅，我蠢蠢欲动，筹上5万元动工了，1996年5月搬上装修好的新房。当时装修可是时髦的词语，道理很简单，原来的房子都是不装修的。父亲说，这房子比宾馆还漂亮！那时我书房依然只能安在父母住的那一间，只不过多了一壁的大书橱而已。三更半夜写字，明亮的灯光依然照在父母亲的脸上，时而见他们辗转反侧，依旧偶尔伴随着父亲的打鼾声。

经济不断发展，时代也在悄悄地变化，和这座城市不断成长一样。宁德的房地产业渐渐发展起来了，杂草丛生的东湖塘不再荒芜，到处是建筑打桩的声响。逸涛小区，东湖豪门，富豪世家次第开发，每平方米1000元至2000元不等。我开始四处看房，想找一套可以宽松安装书房的房子。我看上了富豪世家一套178平方米的商品房，尤其是未装修之前，那可是大的气派！我想，这下可有大书房了。设计时我划下南面两间合并成书房，40多平方米，宽敞明亮，那是再合适不过的了。这样一来，女儿的闺房只能设在北面的餐厅边上了。北面紧依镜台山，夜晚黑乎乎一片，女儿不敢住，而我的书房梦不罢休。久而久之，只好让房子罢休了。

拥有一个独立的书房依然还是我的痴心梦想。一晃又过了几年，一个偶然机会，我惊喜地发现一套楼上一层可以单独做书房的房子。我们毅然买了下来，老父亲看了也十分满意。几番装修折腾，我们终于住进新房，有了一间偌大的书房，并命之曰：滋兰书屋。滋兰书屋连接着大露台，茶室。露台上确实种了不少的素心兰，剑兰，还有一些不知名的兰花。但这里夏天炎热，更多的则是桂花，茶花、水蜜桃和一些更高大的树木。母亲除了种花，也喜欢种上各种蔬菜，随处可见百香果、丝瓜沿着围栏任意攀爬、肆情开花，一派田园风光、自然恬适。尤其是夏秋清晨，眺望东湖，红日初升，其道大光，蔚为壮观。可以游目骋怀、肆意挥毫了。可是，我再也听不到父亲的打鼾声了。

年过半百，终于有一间书房，我是幸运的。历史以来，多半寒门学子是没有书房的，就更不用提寒酸有如囊萤凿壁的传说了。

当今生活水平提高了，很多艺术家已经不满足于小小书房了，动辄为之工作室，装修豪华，标新立异，以显主人风采。但假若金玉其外，败絮其中，又作何感想呢？

书房应随时代而不同，但读书人情怀应该是一样的。先哲追求书房，更追求修身养性，著书立说。去年夏天，我到武夷山五夫里兴贤村，朱子一生 71 年，68 年在福建，其中 40 年生活在这里，朱子一生著作 2200 多万字，大部分著作写于这里，康熙说朱子是："集大成而绪千百年绝传之学，开愚蒙而立亿万世一定之规"，朱子确立了中华文化新经典。试想当年穷乡僻壤的兴贤村，其简陋的书房，又有多少富足与优越呢？

杜甫一间草堂，他心满意足，写出了多少脍炙人口的诗篇。三希堂的富实让天下文人垂涎三尺。年轻时读游寿书法，观其霸气十足，心想大教授一定有一间大书房吧。后来在研究过程得知，他的整套住房也只有 70 平方米，书桌就是一张小小的办公桌。到过故宫的人都知道，三希堂也就是乾隆皇帝一个小小的书房，印象中不及 10 平方米，远没有想象中的气派。古人云：斯是陋室，惟吾德馨！

　　书房或大或小，或简约或豪华，不管社会如何变迁，读书人更重要的还是要有一个属于自己心灵的书房。虽然，我们赶上的是一个好时代。

窗里，窗外

◎ 阮梦昕

3年前，在外打拼多年的舅舅终于实现了心中的夙愿，在周宁县城建造了一栋六层的房屋，里外装饰一新，现代化的家具、家电一应俱全。乔迁新居后，最高兴的莫过于90高龄的外婆了。

因为相隔很近，每天中午我都会过去看外婆。每次都见她静立在客厅的落地窗前，掀着窗帘一角，朝外张望，明朗的阳光笼罩着她清瘦的身影，温馨、祥和。见到我，外婆总是欢喜地拉着我的手，嘴里不停呢喃着："这里很热闹，环境好，光线好，真没想到，这辈子我还能住上这么好的新房子。"窗外，高楼大厦鳞次栉比，整洁宽阔的道路上人来车往，阳光很灿烂，小城湛蓝的天空，清亮得如同外婆的眼神。

回顾与外婆一起走过的40多年岁月，发觉外婆喜欢倚窗的习惯一直都没有变。有人说，每个人的心里都有许多窗户，打开不同的窗户，就能看见不同的风景。而外婆眼里的风景，始终都离不开她生活过的窗里窗外。

我4岁时被父母送到李墩跟着外婆一起生活，外公早逝，只有舅舅陪着她。老房子里住着3户人家，外婆家不大的厨房紧挨着两个房间，舅舅睡左间，靠东面的外墙上方有一扇漏斗式的小窗户，外面用塑料纸贴着。外婆的房间开着一扇简单的窗，没有窗棂，只用2块木板推拉着，窗外隔着一堵灰黑的木板墙，看不见天空。外婆和舅舅每天外出劳作时，就把我关在屋里头。我总是爬上凳子，学着外婆的模样落寞地倚在窗前，眼巴巴地等着他们回来。那时候，这扇窗里，仿佛只有白天和黑夜。透过窗户，年复一年，日复一日，只有一种颜色，叫做苍茫。

20世纪80年代初期，已成家的舅舅跟随朋友外出打工，靠着勤劳的双手，渐渐有了一些积蓄。随后，他和堂舅一起赎回了土改时期被充公的祖屋，一番修缮之后，两大家子便搬回到祖屋居住。祖屋是座四方院落，还有个很大的前院，外婆房间雕花的门窗正对着天井，比之前的敞亮，凉爽。天井里种植了各种花草，一片绿影，朵朵花彩，让祖屋有了一片生机，也多了一些灵气。每天忙完家务，外婆总喜欢站在窗前，从窗户透过天井，看头顶的那片天空，看邻家屋顶上的烟囱飘着袅袅炊烟，看那爬满院墙的瓜藤。风从窗外吹来，空气中流转着淡淡的花果清香。那方寸咫尺之间，或阴或晴，或朝晖或夕照，无论春花秋月，还是夏风冬雪，都成了外婆对一家大大小小最温暖的守望。

几年后，父亲工作调到李墩供销社，就把我和外婆接到身边生活。供销社临街，我和外婆的房间在二楼，透过宽敞的玻璃窗，能望得见公路一侧水渠的流水和路上匆匆过往的行人，还能望得见对面的山和山坡上的稻田，望得见山坡下那一排排瓦片房顶。闲暇时，外婆喜欢默默地立在窗前向外眺望，对面那房顶上页页衔接、道道相连的瓦片爬满了阳光，虽饱经沧桑却依然绽放着热情的光彩。房顶上空横着几根电线，不时有鸟雀停在上面，叽叽喳喳叫个不停。我在外婆的呵护中静静地长大，春去秋来，花开叶落，平静得如同窗外那无声的水流，淌在我的人生历程上。

到了20世纪90年代，成家后的我住进了丈夫单位分的一套50

多平方米的老套房。房子位于县城一隅，有 3 个房间，北向的窗户很大，远山近树，都映照在了窗外。窗外有个大阳台，对面是一片高矮不同新旧不一的居民房，瓷砖贴面水泥屋顶的楼房与黄土泥墙瓦片屋顶的老房相混杂，楼前屋后间或栽种着几棵绿树。年近 70 的外婆只要想我了，就来县城小住几日。她总爱搬条小凳坐在阳台上，看外面马路上川流不息的人潮车流，嘴里常常念叨着："外面变化可真大，街面上的店铺也越来越多。如今国家政策好了，马路宽了、直了，人也有钱了，每天都有人盖新房，一栋比一栋好看，窗户也越来越大，越来越漂亮。"而今，在改革开放的浪潮中，舅舅凭借坚韧的毅力，闯出了一番自己的天地，生活条件越来越好，不仅翻新了老家的祖屋，还让外婆有生之年住上了县城宽敞明亮的新楼房，过上了幸福的晚年生活。

这几十年来，日子每天都在不断变化着，随着生活条件的日益改善，房子也越住越宽敞。回想和外婆在一起的日子，那些陈年轶事，点点滴滴，永远留在我的记忆里，丰盈着我的生命。在这时光的流年里，我始终拥有着一扇窗户，无论窗里窗外，那些凡尘的风景，都已经嵌进了我走过的岁月，在一页一页地翻动中，越翻越精彩，越翻越美好。

小城风度

◎ 邱 灵

九月的一日，鸳鸯草场上，风声呼啸。

人在其中，如舟行大海，身体和心灵都在接受着这浪高一浪的风力考验。"啊……"人声细渺，顷刻吞没在风吼中。风，灌进嗓子眼，充满了整个胸腔，我畏缩地再一次败下阵来。沿着枕木栈道继续艰难地拾阶而上，一个趔趄，紧紧抓住身边的大个子。站定回望，已至山腰，进退两难。那就一直往大风吹的地方走去吧！

"怎么大风越狠，我心越荡，幻如一丝尘土随风自由地在狂舞。我要握紧手中坚定却又飘散的勇气，我会变成巨人，踏着力气，踩着梦……"旋律响起，内心涌动，想长啸，想拔剑起舞。

于是，心下一沉，便如身处边疆的孤影，大风起兮云飞扬，我命由我不由天；心上一扬，转身为小师妹上山送饭看望只身在思过崖面壁的师哥，方又重整旗鼓，雄赳气昂；而更多时候，我还是想钻进一个洞，或抱住一块峰石。

那么多的草啊，盘满了整片山峦，却丝毫躲不进人，低矮的草身仅就伏在你的脚面上撩拨。这群"拉帮结派"的家伙，好似大风的"帮凶"！友人的眼镜终于又一次被吹飞，几个认识，不认识的同行好一阵找寻。剩下我们仨，远远地落在队伍的最后，孤单地在风中凌

106

乱，倒像是"羸弱的草"。终于，我们不舍又无奈地离去。风声还在耳边叫嚣，扬起久埋的脑袋，一杆造型奇异的风车正飞速扭转，叶片迷乱妖娆，绽放奇异的笑。

乱，是这场天地间开的玩笑，有一丝残忍，一丝遗憾，还有，几分不可思议的美感。

四季有四季表情。初见时在春夏，温柔的风，绒绒的草，时节转换，草场如从南方迁徙到了北方，陡然一副宏大粗犷粝，高冷严峻的模样。位于山区县柘荣的鸳鸯草场，平均海拔1000多米，面积达到了1万多亩，是南方少有的生态宝地，被誉为福建省第一大天然草场。都说独特的地理环境和高海拔气候，造就了它独特的自然景观。没有亲见的美，都有待验证。

而秋季的鸳鸯草场，则是另一种震撼。眼下，正值初秋，尽管草有些枯黄，但依然茂盛得很，如汪洋一般，如群山一般。这么开阔的视野，在移步就是山的小县城里很是稀罕！住在东源乡鸳鸯头村的村民是幸福的，推开屋门，就能尽情地游目骋怀，在一望无垠的山海中打开心门，纾解心结，启迪心智。或许居住在这里的人们早已习惯了这四季轮换的布景，而我却一再感叹于它的"大场面"，这大概缘于一种反差的印象——

认知中，柘荣是全省最小的县城，人口仅十万多一点。山城里引以为傲的标识，也是小小的物件，或是股掌之间的手艺，举凡布袋戏、柘荣剪纸、牛肉丸等，都兼具着玲珑小巧的特质。

且看布袋戏，又称"幔帐戏""大拇指戏"，简陋的木雕小台阁盖以帷布就成一方小戏台（宽不及1米，高不过半米）。戏台上，生、旦、净、丑行，各色布偶腾挪飞转在艺人的十指间，透过镂空雕花的木板屏风，省级"非遗"传承人郑运德窥视着自己的操纵：他手掌偶、脚司乐、口中或说或唱，热闹不已。剧目包含了历史掌故、传奇话本、公案小说乃至时下新编，所谓"方寸之中行万里，一人手上演百官"。这心手中变化万千的不止布袋戏，还有声名远扬的柘荣剪纸。

剪纸这个荣列"世界非物质文化遗产名录"的民间传统手艺，不仅在当地有了民间艺术馆、剪纸传习所、特色产业馆等，还涌现出了国家非物质文化遗产传承人袁秀莹、孔春霞等一批民间剪纸艺人。我亲见，一双绵柔的手轻盈起伏，很快，蝴蝶的半边轮廓抖落而下，碎屑飞零，蝴蝶翅膀上细密的锯状纹理一点点被裁出……主人展开将其放在光洁瓷白的盘子上，赫然映出了蝴蝶红艳艳的身姿，还是一双！我听过一首老歌："何必旁人来说媒，蝴蝶儿都是自成对。"世间美物竟都是如此相映成趣！

那日，主人将蝴蝶夹进书签赠予我，我如获至宝。忽然想到家中也收藏着一本剪纸作品，它并非出自什么名家，而是我的母亲照着粉本一刀一剪完成的。那段时间，她常常一剪就是大半天，接连数月，直到为我剪出了一套"十二生肖""十二金钗""胖娃娃系列"等等，作为嫁妆压在箱底。我无数次叹服她的耐心，母亲则夸耀说外婆才厉害，她可以直接按着心意剪出花样，一如眼前所见，不用打稿，不用粉本。

展厅内，陈列着一幅幅惟妙惟肖的民俗故事、人情世态、虫鱼花草等作品，风格或传统朴拙、或现代新颖、或清新典雅、或率真粗犷……至臻纯熟的柘荣剪纸俨然已经独树一帜！我仿佛看到，剪纸，从一个茶余饭后的消遣，一个不起眼的女红活儿，到如今拓开了一个艺术世界。这如同一个默默无闻的人，从不把自己的天赋异禀当成一笔财富，只顾喜欢着自己的喜欢，孜孜不倦地倾注着爱与坚持，时间累积后，自成一派，香远益清，而在她们朴素简静，含蓄内敛的外表下，又激荡着多么热烈的情感——对美好生活的热切愿望，对生命兴旺吉祥的虔诚祝福，还有对爱我所爱的执着与任性。

一个人的时光是自由的，一个人的时光也是孤单的。古法传承历来路长人稀，但总有一些顽强的热爱者，他们像一棵棵草扎根在地上，生生不息，对抗一切风雨，也享受一切自由。"草在结它的种子，风在摇它的叶子，我们站着不说话就十分美好"。柘荣剪纸美如斯，柘荣亦如斯。

走在这个小山城中，没有车水马龙的拥塞，没有市井叫卖的喧嚣，街面上干干净净。我掰了一瓣橘子送入口中，酸甜可口，水分充足。秋风溜溜地穿过衣袖，梧桐树交抱的街道上，落叶缤纷，秋黄的色泽令人欣羡。都说环境变了，天气也乱了套，但这里四季分明，冷暖依序。无怪乎，柘荣被誉为养生天堂、长寿福地。

到了夜晚，小城分外清静。我们来到一家土特产店铺，货架上刀剪、檀香、太子参、米醋、清泉……样样"闻名"，价格倒也适中，店小妹娟秀的面盘上尽是恬淡与自信。想起余光中的诗——"忽然你走来，步雨后的红莲，翩翩，你走来，是一首小令"。这一程的时光秘境里，翩翩而来的，是小城柘荣，你看他——心中有风月，处处有美意，一笑无拘束，阔朗月在天。

清心小城

◎ 张久升

记忆中还潜留着小城的冷，是那种透骨的寒，呵气成霜，结水成冰，几个火笼也焐不热的哆哆嗦嗦。

十五年前，当我决定要外嫁并转调外地工作时，黯然不舍的母亲握着我冻肿如馒头、转暖又疮破伤口淋漓的手说，那地方热，去了就不会遭这份罪了，也好。我知道那是女大不由娘，母亲安慰自己的一个理由罢了。但果真，从此，远离了小城漫长的冬季，冻疮与我绝缘了。

转之而来的是热。夏季，高温席卷，中国的大半个版图在燃烧。地球变暖温室效应是热，经济投资过快是一种热，公路、铁路、甚至民航、哪怕自驾，到处拥堵也是一种热，现代人日益浮躁也显见着另一种热，心头之火总是因一件小小的事情就点燃，快热出病来。

突然就很思念小城的冷来，小城的冷在夏天表现为一种清凉。阳光、空气和水最廉价也最昂贵的今天，这种清凉就越发成为一种诱惑和魅力，吸引了天南地北逃避热浪的人。

很多人是因为小城的名片白水洋来的，但那是旅游的景区，是小城端出来给你解解瘾的，是艳遇，你是过客。小城人有时会不屑地说，白水洋以前才好，现在有什么好玩的，一个天造地设的大大的洗脚盆而已。小城人说这话时一改以前冬天寒冷形成的瑟缩模样，也的确，在热浪滚滚的城市里跑来，走在小城的每一个角落，何处不清凉！而清凉生发的自在，让每一个身心灼热的人好生羡慕。有自小在城市空调房里长大的孩童稚语疑问，这里空调机安装在哪里啊？小城笑答，我这里有的是天然大空调呢。

于是，小城的日子闲闲地过着。街一边是拔地而起的有着相当体量的高楼大厦，而街的另一边，20世纪五六十年代建城之初低矮破旧的建筑物也安之若素。大街上，来往奔驰的，有各地涌来的豪车名车，但也依然不限制突突叫响的拖拉机。有着大路朝天，各走一边的相安无事。在大型超市、公交车、出租车几年间也相继亮相于小城街头之后，那些在大城市里不断被打击、驱逐、取缔的红包车、街头摊点，小城人依然习以为常并且与之和睦相处。他们悠长自在的叫卖声让午后有些寂寥的街尾保持着些许的倦意与清醒，像一个打更者，只要这声音存在，传递着这一天的平常与平安。

许多人大老远地跑来蹚小城二十多公里外的白水洋的水，然后夜宿小城，小城不长不宽的街道于是在清凉的夜晚也熙来攘往。游客们观察着小城的景，小城的人，小城的人也看着一拨一拨的游人。看得多了，生意也做精了，心胸和视野也开阔了。早年间，一次外地人在小城市场办纺织品展销会，因为品种多且价格便宜，小城的一些店家怕被抢了生意，拒绝竞争，竟公然去撕剪他们的商品。当年我曾以《不该发生的事》作了报道。我想，小城的人早已把这事忘却，而且于今天的他们看来一定也不可思议。你看，现在各种的连锁店在街头巷尾林立着，小到冷饮卤味，大到酒店房产；有美容养生，有休闲酒吧，咖啡书屋。小城的十多个曾经人去屋空的古村落，竟然因文创带动吸引了北京、上海等大城市的人来居住，当起世外桃源的新村民。在灯红酒绿处，在街头隆盛的浅酌小吃里，让人恍惚这曾经是那么自闭的小城。可又分明是，林立的还有代溪芋头面、寿山兔肉、漈头扁肉、双溪锅边，小城各乡镇有名的小吃，这些昔日只是就地取材招待客人的农家菜如今都成了小城的“私房菜”，让外地人吃惯了生猛海鲜的胃为之一振。在一个矗新的楼房腰部，我居然看到了大大的招牌——东山岗青草汤。我知道青草药膳是小城一绝，但这个“东山岗”，仔细念叨，不就是我老家之下一个小小的名不见经传的自然村么？而现在那招牌那气势，颇有天下谁人不识君的味道。

小城的街很短，路不宽，但在这样的季节里，满街跑的、宾馆门前停的都是各种牌照的车辆。“天外天”，一家并不太大但名气却不小的酒店，一路广告与白水洋比肩叫嚷着，多年前读着像是俯首作揖“天外有天”的谦词，现在常常客满为患怎么看着有些自称“天外有天”的味道了。乡音无改鬓毛衰，曾经那么印象深刻甚至有些厌恶的小城普通话在不断成长的新生代小城人里，再也听不到了。笑问客从何处来，倒是我这个离乡多年但依然字正腔圆的地方话让年轻人有些听不出来了。一方水土养一方人，但从穿着、从言谈、从网络便捷地与外界沟通的方式来看，小城已一改昔日山高水冷地僻人难至的境遇了。“屏南屏南，又贫又难”，曾经的自述现在念起来多么难为情。

小城四周皆山，就连县政府，也是踞城中之山而建，常有游人拾级而上，见青砖黑瓦低矮错落的20世纪50年代的县政府办公室楼，比现代的那些豪华政府大楼都别致古朴。那夜，散步于通往政府山头背后的道上，高树挡住灯光，低矮的草地和灌木丛里竟然繁星闪烁，不明就里的小女儿以为真有星星坠落，待知是她书本里走出的萤火虫时，兴奋得久久不舍离去。

抬见满天繁星，耳畔夏蝉与蛙鸣齐喧，清风徐来，斯凉之地，小城之福。

古道情思

◎ 吴长波

一

丁酉年孟秋，回闽东老家看望母亲。

因有急事，在家待两天便要返回北京。

头天晚饭后，母亲问我："那得很早起身吧？明天我早点起来给你做早饭。"

我说："不用太早，赶得上下党到县城的第一班公交车就行了，大概7点从家里起身就行。"

早秋时节，清早6点多，村里勤快惯了的女主人们都已起床做饭。85岁的母亲也早早起床，给我做了早餐。

吃完早饭，母亲让六弟开车送我去下党。

二

年少时，下党还未设乡，也没通公路。

和母亲一起去下党村看外婆，走的是石板古道，在山沟与山肩上绕来绕去，要路过后门垅、白亭、曹坑尾、狼尾、亭冈、狼尾亭、狼尾岭等荒山大岭，最后跨过那座又高又宽的古厝桥——国家级保护文物鸾峰桥，才能到达那个临溪而筑的古老村庄，最少也得走2个多小时。

如果不能在外婆家过夜，我和母亲总得一大早就从家里出发，在外婆家吃罢午饭，又得一路匆匆地赶回海坑村。

而现在有了通村公路，从海坑村到下党村，开车十几分钟便到了。

三

到下党村不久，顺利上了开往县城的早班公交车。

由于是头班公交车，乘客不多，我在靠后的地方找了个位子坐下。

号称"小高速"的下党乡通县公路很是平坦，坐在车里的感觉很好。车窗外，青山如黛，溪流似练，美不胜收。

才过了二十几分钟，售票员已经报过溪后、大丘下、下屏峰、溪源四个站名。

溪源！溪源！听到这个站名，顿时让我想起了那次终生难忘的早行……

那是一个6月的早晨，18岁的我要远离家乡，到山外谋生了。

说是远离，其实也就是去往闽北的石门伐木场而已，离家的距离不过几十公里，要是现在，不过两个小时的车程。

但那时，这样一次出行可不是简单的事。

头天吃罢晚饭，母亲就要我早点去睡，免得次日早上起不来。

要离家独自到远方谋生了，心里既激动又有些莫名的怅然，一夜未曾合眼。

四

到了后半夜，一阵鸡鸣后，空寂的屋子里有了响动，母亲起床给我做早餐了。

母亲摸黑来到厨房，划火柴点着煤油灯，在昏暗的灯光下，烧起了大灶……

给我做好早餐，天还未明，母亲没有叫我起床，独自坐在厨房的灶台前等待天亮，屋里又恢复了宁静。

不知等了多久，天开始蒙蒙亮的时候，母亲轻叩房门叫醒了我。匆匆忙忙起床洗脸刷牙，完了坐在如豆的灯下，风卷残云般吃光了一大碗家乡的特色美食——香气扑鼻的"番薯扣"。

趁我吃饭，母亲又帮我整理起行囊来。

其实包里只有两身换洗的衣服和一床单被，可母亲还是翻来翻去地整理了几遍，并再三交代，到目的地时一定记得带下车，别给弄丢了。

五

透过房屋的天井看到，东山顶上天空已开始发白，屋外林子里的鸟儿，开始欢快地歌唱，天放亮了。

儿行千里母担忧。十八岁的儿子第一次远行，母亲自然放心不下，她坐在灶膛前，盯着我看，千叮咛万叮嘱的。

我背起行囊上路，母亲递给我一根大拇指粗、半人高的竹竿，说："大王下岭那么陡，慢点走，清晨石板路沾了露水很滑，拄着点。还有，草深的地方，一定要记得把露水打了再走过去。"

其实，母亲特别强调用竹竿"打露水"，意在打露水时赶走路边草丛里的毒蛇。在老家，蝮蛇、银环蛇、竹叶青等剧毒的蛇类就有多种，乡亲们出行时被蛇咬伤的事时有发生。

小的时候，和母亲上山挖野菜，她的手里总拿着一根竹子。她曾告诉我，竹子是毒蛇的舅舅，毒蛇最怕竹子了。

母亲站在村口目送我离开，沿着村前的小河一步步走远，直到我走进了村前的那片原始森林……

六

那时，家乡寿宁县去往石门伐木场的所在地闽北建阳市，每天只有一班过路客车，大概早上 8 点左右，会从县城开到溪源村。我必须赶在班车到来之前，在溪源村的客车停靠点等候乘车。

从海坑村到下屏峰村，再到溪源村，走的全是石板砌成的盘山古道。

由于夏天草木茂盛，一路上虽鸟语花香，但狭窄的石板古道，几乎被高过人的苇草和路边的树枝覆盖，而草叶和树叶上则挂满了晶莹的露珠。

太阳还未出山，我已走到了下屏峰村，各家各户黄墙青瓦的屋顶上，开始飘起了袅袅炊烟。农妇们接连挑着木桶，到村前的溪潭里挑水，她们见到早行的我全身湿透，无不露出惊讶和怜悯的神情。

其中一个心善的大妈问我："孩子，你这都湿透了呀？是海坑的吧，去赶车吗？要不到家里先歇会儿？"

婉拒了大妈的好意，我继续赶路。

怕耽误乘车，我加快了脚步，全然顾不上打在身上的露水。

到溪源村时，取下肩上的背包，感觉比出发时沉了许多，原来包里的衣物和单被也全湿透了……

这是人生的第一次远行，也是人生中最难忘的一次早行……

七

马达在青山绿水间轰鸣，车轮在平坦的公路上滚滚向前。

而今，家乡村村通公路，人们出行大都以车代步。无论是从海坑到下党，还是从海坑到溪源，都是短短的二十几里路，曾经是那么艰难，现在却是这般容易！

沧海桑田，出行的难与不难，生活的易与不易，原来全都在于脚下的那条路——是宽是窄，是平是岖，是步步难行抑或路路畅通！

时光在飞逝，时代在变迁。那一条条路将大山里星罗棋布的大小村庄连接起来，并最终将我们这些山的孩子送出山外的石板古道早已芳草萋萋，古道旁的凉亭也是人去椅空，曾经人来人往的千年古道，再也听不到乡亲们的欢声笑语，再也听不到祖祖辈辈那充满力量的脚步声了。

故乡的胎记

◎ 陈巧珠

　　说到故乡三都岛，我就会想起村中那口叫"月半"的井。月半井，一个多美多有哲理性的名字，因其外形如半月而得名，另一缘由想必是因为"月盈则亏，水满则溢"这天地之常数。人世间最美好的不过是水未满、月未圆之际，这口小小的月半井不仅养活人，也养活一眼中华文脉。

　　水，日夜流淌于故乡那片肥沃的土地，春播秋收，生生不息。喝水不忘挖井人，遥想当年我们的祖辈们从遥远的地方飘流到三都岛，择水而居，那叮叮咚咚的泉水声是祖先和大地交流的原初音曲，那股清冽的泉水充满着诱惑，绊住了祖先前进的步伐，有水就有了井，有井就是一个姓氏种子有了个穴，有了这个穴一个姓氏就能像一粒草籽在这个穴萌根发芽，慢慢滋长出一个村庄。村子在长大，井慢慢变小，最后在时空交集的演绎中成了故乡诞生时的一枚胎记。

　　井，是生命之源，村村寨寨，无所不在，汩汩清水犹如大地母亲甘甜的乳汁，养育着万物生灵。三都岛上的月半井与其他村寨的井一样蕴藏着这个朴实的天经地义。可是有位朋友这样问我："三都岛是个海中之岛，四周盈盈海水合围，海水是咸的，这井流出的不是咸水吗？"我确实难以释疑，只好说井水不犯海水，这口小小的月半井根深得很，他完全可以穿越过深不可测的海洋，与深海底的大陆紧紧相连，成为大陆不可分割的一部分。从大陆深处断裂层流淌着源源不断的地下水，月半井这冬暖夏凉、甘甜清冽、永不干涸的水脉是连着内陆的。正如我的姓氏，也是从宁德洋中迁到这里一样，说不定这水脉就与洋中相连，月半井的水就来自洋中的大山。想到这，念到这，感觉这口井显得亲近而又遥远。

我的血液里流淌着月半井的水，我的童年记忆填满着月半井带来的欢乐。小时候，父亲每天到井边挑水，他总是在我前面疾步如飞，我拎着水桶蹦蹦跳跳地在他后面追赶，母亲在井边洗衣服、洗菜，我就蹲在边上戏水玩耍。月半井我能一眼见底，不过一米多深，井底就是一块巨大的花岗岩，那块巨大的石头没有人为加工过的痕迹，看不见一凿一孔，凹凸不平，表面布满了青苔，水不知道从何处流出，却又真实地存在，原来这水源不一定要肉眼可见，水如文，文如魂，它就是这样让人潜移默化。此时我在波光粼粼的光芒里看到它折射出古典的韵律与诗意，石头天然的纹理与水的波纹在浮光掠影中虚实相错，如梦如幻。

井口很大，我常常趴在井沿望着天光云影，也常常提着水桶学大人的样子打水，那些记忆仿佛就在昨天，而一切皆流，无物常在，没有人能够重新走回无忧无虑的童年，但是月半井的记忆在我成长的人生路上让我学会了很多人生哲理。凡事留有余地，曲展有度，才能进退从容，犹如这月半井与木桶绳索之间的磨合，当木桶绳索的长短升降适中，当手腕的力度大小拿捏地恰到好处，水桶触碰于水面上，泛起的涟漪一层一层晕开，当水桶与水面的倾斜度不偏不倚时，将桶口朝下猛地用力一拉，"啪"的一声，水桶倒扣于水中，提起绳索时，水桶就灌满了水。记得那时候我还小，力气也不大，每次打起满桶的水，却提不起来，常常将水桶的绳索沿着井的边缘，摩擦、拉扯而上，就这样一遍又一遍地练习，熟能生巧，后来我也能和大人一样，轻易地打起了一桶水，仿佛自己长大了。井，就是这口井，让我捞起了童年时的快乐，捞起自己成长的年轮。

118

井对于村庄，则与我有些不同，每天傍晚是月半井最热闹的时候，妇女们集中在这里，挑水、洗菜、洗衣服，市井百态在这里上演，一脚海泥，一件件盐渍的衣服在这井水冲泡中变得洁净。妯娌姑嫂的家长里短，哪家哪户的流言飞语在这里传播开来，儿童嬉笑玩耍的泼水声，调皮的孩子往井里扔小石子，招来家长的怒骂声，声声回荡在井边。当一切归于平静，你就能看到家家户户烟囱里袅袅升腾而起的炊烟如暮色般青灰。天色将暗未暗之际，外出劳作了一天的男人们陆陆续续地回来，在井边拎起一桶井水，一头扎进桶中，脸上流淌着的汗水与井水融为了一体，咕噜、咕噜地大口地豪饮着，当他们仰起头时，一桶水已所剩无几，被海风吹过、太阳晒过的黝黑的脸庞带着满足，长喘一口气，挥起衣袖往嘴角一抹，迈起步伐，朝着透出温暖灯光的家门口走去。带着一股股清凉，伴随海风浪声，村庄进入梦乡。

月半井的水日夜流淌不息，时光如梭，后来我参加了工作，在三都邮政局营业厅上班，有一天，邻居阿婆拿着一个小布袋，里面装着一撮泥土说要寄包裹，寄给在外地工作的儿子，我愣住了，这不就是泥土吗？哪儿没有泥土呀！那阿婆从我惊讶的神情中看出了我的疑问，她慌忙笑着解释说：小孙子在外地水土不服，一直生病，看了老中医，说要用井边挖的泥土作为药引子，后来我查阅了中医资料才知道，那可以当做药引的泥土在中医上叫做"乡井土"。井水不断，故土难离，一撮乡井土跨越千山万水，抚慰着远方的游子，维系着乡情与亲情。背井离乡，说的是井与故乡的牵连，那是在外游子对故乡的思念，那一缕思念日夜牵连着故乡，就像故乡的水脉永远缓缓流淌。

井水流淌着岁月的车轮，流淌着祈春的祝福。每年除夕，家家户户吃过团圆饭，围炉夜话守岁时，新年的鞭炮声在子时的夜空中绽放，那是对天地恩赐的礼赞，又是对来年丰收的憧憬。大家都挑着水桶在月半井边排队等候，据大人们说，不知什么时候开始三都就有这么一个风俗习惯，那就是在每年除夕之夜，家家户户都会来挑井水，相传月半井的龙王在此护佑这方水土的风调雨顺，并在除夕之夜赐予乡亲们神水，这神水有着延年益寿、祛病消灾的功效。不知道这传言是真是假，但常喝月半井水的女人的皮肤一定是光滑温润的，鹤发童颜的老人在村里比比皆是。

现在的我虽近在宁德城关，但因俗事缠身，回三都岛的次数也越来越少，那份思乡思亲之情常常萦绕于梦，那梦并不是如浮萍般缥缈的，那梦是有血脉有根的，那根脉就是故乡三都岛，就是那口月半井。每逢宁德城关停水，一筹莫展的时候我就会想起故乡的那口源源不断的月半井。回三都岛时，我总会去看看那口井，每当我站在井边，看那井水倒映着天光云影，是那么湛蓝，那么辽远广阔，仿佛一眼望不到底。那口月半井在历史的原始森林中，就像一根粗硕的老藤，经过岁月风霜的洗礼，显得那么坚韧，就这样静静地望着它，仿佛它能够洗礼我怯懦的性格，增强我的毅力，喝一口井水，仿佛能够启迪我愚钝的灵魂。

岁月变迁，现在岛上虽然建起了水库，每家每户有了自来水，但乡亲们总是习惯在月半井边聚集着，洗刷着，聊着家常，每年除夕子时的鞭炮声响起，乡亲们依然会排着长龙，挑"龙水"，那龙脉就这样代代相传，绵长久远。

记起、想起便是怀念，阿公，住在月半井边西侧的陈阿公，当时已经八十多岁了吧，他每天总是坐在椅子上晒太阳，脸上露出慈祥的笑意，身边一台录音机不知疲倦不停地唱着咿咿呀呀的戏曲，他家养的那只老猫则慵懒地伏在地上，眯着眼，倾听着。偶尔我会和小伙伴们绕着他的椅子玩起捉迷藏的游戏，或者乖巧地坐在他身边的小板凳上听他讲稀奇古怪的故事，有时候他会变魔术般掏出几颗糖果放在我的掌心，我"阿公、阿公"的叫声就和那糖果一样甜，他的目光如月半井的井水般古老与深邃。如今虽吃不到糖，但看着这井，几分甜蜜依旧生津。

一钵狗肉

◎ 李步舒

老话说：闻到狗肉香，神仙也跳墙。南方多湿气，乡俗里常将吃狗肉当作劳碌者冬补的上品之一。闽东多山且峰壑纵横，因此水资源也特别丰富。20世纪80年代后期，应了"楼上楼下、电灯电话"的朴素追求，有限财政的贴补撬动效应，使广大农村以工代赈模式的小水电建设方兴未艾。彼时，我在乡镇工作，使命使然常年行走于"农林水"一线，也见证了百姓的苦乐与至性至仁。虽已时过境迁，但每每追忆，莫不对当年那钵本不该唅唉朵颐的狗肉难以释怀。

我最早工作的乡里有个村叫龙坑，山清水秀，按现在的看法该叫世外桃源，但那时却偏远闭塞，两百余口人家祈盼着能用上照明电，一等就是很多年。恰是秋收冬闲的季节，终于有了政策机遇，全村人铆足了劲儿决心户户通电过亮年。心愿虽好实现起来却不易，峰峭坡陡岩石多，破渠引水施工十分困难，光石方炸药成本恐怕都承担不起。如果降低标准投入自然少些，但一到沽水期就干瞪眼，成了人们常调侃有一阵没一阵的"拉尿电"了！对此，县上工程技术领导和干部们踌躇难决。

现场勘察那天，我们是在村支书老许家吃的午饭。大半天绕峰越崖大家多已筋疲力尽，可老许们却毫无疲态，打水去汗冲茶敬烟努力周全着呢！村头、田头、灶头，这是农村工作必须留意的场所，目的是为了从中获取更多的实情听到心声。我习惯地走进老许家灶间，只见长年烟熏的瓦梁间悬丝如绳，从强光地方徒然进到"暗室"，一时还真难辨都是啥劳什物。其中有根松紧带样的绳上，挪着一块两个火柴盒大小的连皮猪肥膘，正被灶头热气冲得轻轻晃荡着。大锅在风箱"必朴——必朴——"的鼓吹下正红烫时，许家嫂子熟练地将梁上悬膘扯向锅沿，由上而下摁紧绕壁环转，顿时滋滋的煸油声弥漫灶间。随即，满满一砧板的萝卜砸向锅底，猛火中翻炒的爆裂声随着锅盖的扣定安静了下来。这时瓦顶玻璃块透入的微光显得那样朦胧微弱，肥膘的保护方式分明是防止猫鼠等"梁上君子"使坏，一种无奈与辛酸涌上心头。人们常说："有灯有世界"，可他们祖祖辈辈生活在这样的世界里，多么需要用盏明灯照亮前行的路，让日子过得亮敞、多些盼头。

　　饭后，我把刚才所见和感慨与水利局领导悄悄作了沟通，听得他心里头也沉甸甸的。在决定是否开工建造的会上，他动情地问县上干部："在座从农门里走出来的举个手。"大家齐刷刷地都举起了手……这时，桌下的许家大黄狗似乎也明白了这一重大决定，欢快地又摇尾巴又舔我的手，我顺手捋了捋狗脑勺以作安抚回应，它顺势就地趴下亮出肚白，不停地用头蹭我的裤腿示好邀宠。

　　此后的那段日子里，我常驻该村，为了保障工程有序推进，走家串户动员宣传用电安全知识，招呼大家抽空砍树，风干后用以架设电线等。不论我和支书到哪里狗儿都跟着，或打前站或殿后，像个称职的"大内护卫"。特别是去工地时它就更加兴奋了，仿佛调动所有的警惕，走走嗅嗅跑跑停停。忽而冲出视线不知所向，当大家正忙着现场勘误时，又会突然冒出来站在突兀处，那气势如同"狮子王"在环视领地。尤其让我惊讶的是，偶尔会叼只还在挣扎中的野兔，每回都是昂着头作孤傲状，似乎在说：给个赞吧！于是那顿夜饭便多了话题与趣事，也令我对山里狗儿的能耐有了更深的认知。

山里的秋冬不仅是渐多渐显的叶黄与萧索，更有党员村干带头出工和安排各方任务的辛劳。支书老许就是这样的人，为了一盏灯的愿景，连同家人也不得消停，每天鸡叫三通就忙着灶膛蒸笼。喷着稻花香的蒸饭不停地搅惑我的清梦，也如鼓舞我起床上工的号令。狗儿似乎在慵懒地趴窝，一旦听到脚步声又马上激灵起来，朝着电站方向呜呜轻哼。有时我就嘀咕：莫非它也在催促我履职吗？

霜天一日浓似一日，但狗儿不畏，老许也习以为常，唯独我的脚姆指常被山石磕碰疼痛不已，徒增对自己笨拙的责备，更希望早点竣工。有付出必有收获，沟渠、管道、水泥墩、机房等次第建成，看着一天比一天有形的电站，办成大事的信心就更足了。

值得村中人记住的日子终于到来啦！那天村里村外喜气洋洋，老人、孩子乃至狗儿像过节一样，把村野带动得热热腾腾。横埂在村口的就是一条流向邻县的大溪，溪门宽阔水声哗哗，五十来齿的矴步石牢牢地扎在水底，摆渡的竹排因冬日少雨已不再受宠。村里还专门请来唢呐鼓点，在岸边欢迎县上乡里领导来村剪彩。狗儿也像老许那样活跃，哪儿人扎堆哪儿就有它的影子。

晌午时分，领导们沿着新开的机耕路到了电站。小水电毕竟小，也才每小时 200 来度的发电量，但对当时的龙坑村来说已是天堂般的美事了。来水管道就像架往天边的云梯，被犬牙钩岩和老松藤蔓揽着。

斜阳下学校兼村部的小操场用作升旗仪式的竿上，临时悬挂着一颗大灯泡，特别抢眼，仿佛是一轮即将冉冉升起的皎月。人们的心情不同往日，都恨不得老天快快黑下来，好让那盏明灯发出幸福温暖的光芒。六时整，早已绑妥红绸带的电闸门把，在县乡领导的共同推送下，一片光明世界伴着噢—噢—噢的欢呼声绽放夜空。刚放下紧张的我忽然发现形影不离的狗儿并没有跟来，猜想它可是个不甘寂寞的主，也就没去细究。操场上的大灯就像航标灯一样指引着我们回家，快到学校时天已大暗，乐于赶鲜添乱的孩子们也已各归各家。缕缕肉香和美味山珍的味道混合着不断飘近，行走中的大家心知肚明，不由得加快了脚力。

三张八仙桌刚好摆满一个教室，冒着热气的菜肴逗人直咽口水。一大脸盆的煮粉干被猪油捂得严严实实，看似上桌多时，触碰盆壁方知是"开水瓶"模式——外冷内热。大家济济一堂，一边好奇地看几眼头顶的电灯，一边劝吃劝喝，一碗碗家酿米酒像喝凉水一样被倒下喉。不知是卸下担子的原因，还是人逢喜事，大家都特别放得开，热烈的氛围不亚于打了一场大胜仗。

这时，又有一股特别醒鼻的暖香直奔教室。但见老许支书手拎蒙着脸巾的铝桶进门，亲手掌勺先县乡后村干老党员依次舀上，独独不给自己盛一碗，而且一脸的戚然和不舍，这与他平时开朗豪放形成明显的反差。大约消受了大半碗，终于有村干用筷子敲着碗沿，在我耳边悄悄地说：这好东西是狗儿身上的肉哎！声音虽小却如雷轰顶，我感觉自己的身子仿佛掉入了冰窟窿，揪心的负罪感不断袭来，作呕的冲动一忍再忍，终于抑制不住了，匆匆出门把已经填满胃的东西一股脑儿还给大地……

直到临睡前，许家嫂子捞了碗素面给我吃下才黯然入梦，迷糊里满脑子是狗儿的身影。挨到天蒙蒙亮，我索性开灯起床朝狗窝走去，想作个凭吊式的告别，可是细心而重情义的老许支书仿佛看穿了我，早将其处理得无影无踪了。我茫然地看向水电站方向，两盏灯正亮闪着，像狗儿的眼珠子，半似招摇半似宽恕迎面照来。然而，我始终无法原谅自己，曾经念叨过"狗肉大补狗肉香"那句无厘头的话，也成了我至今不能释怀的一块心病。

天大亮，村里人自发地送我们还家。老许支书已经没了昨日的寡欢，春风笑枝头般依依作别，可怎么看都不如往日有神。回头挥手时我忽然发现，他是痛失了支撑远行和负重爬坡的拐杖——狗儿的原因呵！不久我也离开了乡里。一晃几十年就过去了，老许支书还好吗？

家在东湖岸边住

◎ 何奕敏

  每日晚餐后，最惬意的事就是外出休闲散步了。也没有特定的线路，随性而至，有时沿南岸公园栈道、金马大桥到北岸公园环湖栈道，有时到体育中心跑道上快走，有时沿着大门山公园逛一圈，甚至会沿着兰溪岸边走出很远。当然，最经常走的，是家门口的塔山金溪栈道了。莺飞草长的季节，东湖每日不同时段都变幻着神秘莫测的迷人面孔，深深吸引着每个走近她的人们，走近东湖，匆匆的脚步便忍不住稍作停留，甚至留驻此地，"不辞长做东侨人"了。

  初春时节，脚步轻快地行走在环东湖栈道上，成群的白鹭或栖息，或飞翔，或成双成对，它们展翅翱翔的优美身姿让人惊艳。河岸边，柳树枝条已长出嫩叶，三角梅用灿烂的笑颜迎接着走过身边的人群，扑鼻而来的暗香，则可能来自隐匿在角落的栀子花。停步在栈道转角处，塔山高耸入云，塔尖倒映在湖面上，夕阳斜照在湖面上，像洒下了满湖的金子。风轻轻吹过，湖水泛起了仿佛衣褶似的涟漪，水波荡漾，光影浮动，清逸迷离。偶尔有小鱼儿扑腾着跃起，打破水波的平衡，如五线谱上跳跃的音符，欢快的"扑通扑通"声如此悦耳。驾着简易小舟在湖上撒网的老伯，不管他收获几何，那悠然自在的模样，总有一丝距离生发出的美感。正愣神间，猛不丁的一枝柳条拍打在脸上，麻酥酥的，提醒沉醉眼前美景的人，这是东侨，是人间。

置身繁华喧嚣的都市，人们总是四处追寻洁净乐土，总是梦想着拥有宁静家园。家在东湖岸边住，人到中年的我很幸运地找到了安顿身心的宜居之所。如今，东侨灵动的水，沉稳的山，生态和谐的环境，便捷的交通，丰富多彩的文化活动，日新月异的家乡面貌，努力向上的蓬勃生机，让眼光独特的新一代东侨人选择在此安居乐业。从此，东侨的发展与生活其中的人们相依共生，休戚与共。

东湖的四季更替、阴晴圆缺都牵动着东侨人千丝万缕的情思。梅雨季节，眺望远处的塔山，当塔顶上云雾缭绕，白鹭低飞着掠过湖面时，我知道，雨就快要来了。

5月，暮春，雨天。窗外的东湖水波不兴，静静流淌。坐在明静的窗台边喝茶、听歌。记起中学生时代的青葱岁月，下雨时会故意不带伞，让雨淋湿衣衫、头发。骑着自行车，路过一家唱片店，张雨生的歌《我想把整个天空打开》随着雨滴四散张扬开来，那略带忧郁的歌声，车骑出很远都能听到："我想把整个天空打开，让垂檐的树荫不要掩遮我仰视的心灵。我想把眼睛彻底擦亮，让尘世的埃粒不再沮丧我透视的方向……"听着听着，觉得滴落在脸上的，好像不是雨滴。写这段文字时，特意找到这首歌，戴着耳麦认真听。

事实上，每个人心中都有一方不会被雨淋湿的地方，虽不为人知，却盛满细碎的心事。这样的时刻，喝茶最是应景。喝茶，喝的本就是心境，滤去浮躁，沉淀思绪。在任何一季里喝茶，都可以感受到春日那慵懒的阳光。那是因为，茶叶正是在和煦春日里，离开了茶树，变身为这杯中可人的模样。每次看着透明玻璃杯中，茶叶随着滚烫的水上下翻卷，叶子渐渐舒展开来，轻轻晃动，看淡绿色的茶或针或片，忽上忽下，簇拥着，沉沉浮浮，变换着不同位置，试图寻找一个属于自己的最佳平衡点。呷一小口茶，任清清浅浅的苦涩在舌间荡漾开来，充溢齿喉。之后，深吸一口气，只觉得一股清香在肺腑间蔓延开来，涤尽了一身的疲惫冷漠。由此而生发出些许感慨：茶要沸水以后才有浓香，人生不也要历经磨炼后才能坦然吗？无论是谁，如果经不起世情冷暖，浮浮沉沉，怕是也品不到人生的浓香。

家在东湖岸边住，对它的认识依然不是很全面。很难想象，只不过在五十年前，这里还曾是一片汪洋大海，是宁德旧县城通往外界的重要海上通道。如今，大路通衢襟连四方，万丈高楼拔地而起，车马川流，绿树成荫，碧波荡漾，鹭鸟栖息，向南来北往的人们展示着一幅"湖在城中，城在海边"、人与自然和谐共存的生态城市画卷。从某种角度来说，东侨就是一座在海上崛起的新兴城市，而东湖湿地便是大自然格外馈赠给东侨人的珍贵礼物。

曾经在某个网络平台上看到过一张拍摄于 20 世纪的老照片，那是宁德老城区全景图。黑白照片上，镜台山、塔山赫然在目，塔山与大门山、金蛇头等岛屿耸立于一片苍茫大海中，船舶帆影直抵宁德老城垣。塔山顶上的尖塔显得尤其醒目惹眼。根据照片下的补充文字说明，我了解到：这是 1866 年 1 月 25 日，英国圣公会传教士胡约翰到访宁德时所描述的一段文字。胡约翰这样写道："站在这座山的山顶，宁德城突然跃入眼帘，对我来说，它显得相当有趣，它就在那，像大多数我们见过的中国其他城市一样，在山谷中被群山环绕，但除此以外，海水流抵它的城墙，把许多大的商船引向它巨大的城门。我在'雪山'顶上坐了一会儿，凝视每个角落的景色：城市在山谷中，周围群山耸峙，大海伸向远方，船舶迎风扬帆,载着货物运往四方，景色之壮观无法言表。"如今，这张摄于 20 世纪的照片和这段写于 19 世纪的文字均保存于美国耶鲁大学神学院。现在，照片中生动而美丽的宁德旧城已经不复存在，在这片美丽富饶的土地上，沧海桑田，城市景观已经发生了翻天覆地的变化，老旧的岁月已经离我们远去，留下的影像和文字，依然温润滋养着后人。

我知道聚居在对岸塔山村的人，很多都是当年东湖塘的少数民族。大门山公园的一部分，是曾经的华侨农场。而环东湖周边一个个建设现场塔吊林立、机器轰鸣；东侨工业园区内一片片产业基地林立，一条条道路通达八方……这片昔日侨民围海造地、填海筑堤的安身立命之所，如今已成为拉动闽东经济飞速发展的"主战场"。晴天，站在塔山公园最高处观落日是很惬意的事。当红日渐渐下沉，慢慢隐没在山峰后面时，眼前那三千八百亩东湖上落日熔金、波光潋滟；环东湖两岸高楼林立，园林簇拥，建筑、环境与人文在此融为一个整体。这片蓬勃向上、充满朝气的土地，让人心底油然而生出豪迈之情，并由此而深深地爱上这片新兴、年轻、奋发、充满生机和希望的土地。

当然，工地上机器轰鸣、尘土飞扬，一派热火朝天的繁荣景象，这并不影响塔山脚下村子里的农人安逸祥和的生活。清晨，薄雾漫过湖面，为东湖披上了一层朦胧的纱；中午，阳光穿过薄纱，像羊群在天空中漫步，然后渐渐消失，又像瞬间盛开的栀子花；傍晚，袅袅炊烟萦绕在各家房前屋后，劳作一天的男人回到家里，主妇身边围着咕咕乱叫的鸡鸭鹅狗；当夜色渐渐笼罩下来，清爽的夜风里飘荡着茶饭的清香，荡漾着孩子喊爹叫娘和大人朗朗笑声。皓月当空，景物被罩上了银色，流动的光辉中，一切物体都焕发出新的颜色：万达广场、南岸、北岸公园、金马大桥、体育中心、动车站，那些五光十色的闪烁霓虹，嘈杂喧闹的熙攘人群，灯红酒绿的广告招牌，车水马龙的繁华街道，东湖路上鳞次栉比、灯火通明的成片高楼大厦，向外界展示着东侨美丽富饶的别样身姿。

月光下的东湖，总会让我不由想起"明月何时照我还"，想着"飞鸟相与还"，想着"我欲乘风归去"等跟家园、故乡，跟飘逸、美好相关联的诗句。在草籽萌芽、草长莺飞的春季，在浓荫蔽日、夏蝉长鸣的盛夏，抑或在红叶飘飞、秋菊傲霜的深秋，或在寒风呼啸、树木凋零的萧瑟冬季，有个可以承载四季心灵归宿的地方，它，就是——东侨。

在幸福时光里漫步

◎ 张敏熙

"今夜，我们都是这条河的笔名/我们都是时间的支流/旖旎的灯光里，我们各自怀揣着一条河/或一座大海的温柔"。这是诗人鲁克在兰溪公园漫步时所做的真情告白。

是的，有一种时光，叫漫步。

有一种幸福时光，叫东侨漫步。

东侨，是神奇的，她给予你的时光，自是与别处不同。

如果你在东湖附近漫无目的地向着灯火阑珊处信步，你会发现，这里的建筑布局开阔通透，而周边富有南方特色的植物密集到几近奢华。河道如飘逸的裙裾铺展在疏密有间的楼和树之间，散发着水乡的清新气息。一阵微风，送来缥缈的乐曲，身披彩色灯带的树儿们应声而动，跟着节拍跳起婀娜的霓裳羽衣曲。那些色彩柔和的灯光，恰到好处地分布在拐弯抹角处，冷不丁就点燃了乡愁。你会油然而生亲切感、归属感，甚至陷入回忆，感觉似乎很早以前就来过这里——虽然这是一个新兴的开发区，现在你所见到的一切都是崭新的。

这就是家园的气息啊，好比朱自清先生所邂逅的荷塘月色："光与影有着和谐的旋律，如梵婀铃上奏着的名曲"。而这，还只是东湖夜曲的序幕部分，更加隽永的乐章还在后头。

你会沿着河道向更浓的夜色走去，依然是闲庭信步，依然是漫无目的。清清浅浅的溪流们，快乐地从山间奔流而来，因着对蔚蓝色怀抱的向往，毫不犹豫地把自己奉献给东湖。当她们一头扎进了伟岸的湖塘，一定是尝到了淡淡的咸涩——山的女儿与海的儿子相恋了，爱情的滋味就是这样。来自大山的清流，原是养在深闺的少女，进入东湖便开启美颜模式，她们结草为伴、撷红彩妆，顾盼流离、明眸善睐。来自大海的波涛们，原是血气方刚的少年，来到东湖便开启"佛系"生活，低眉敛目、返璞归真，不悲不喜、无欲无求。这是多么奇妙的家园啊，说是湖，却有海鱼潜底，潮汐涨落；说是海湾吧，却是鸥鹭翔集，栈道环绕。半咸半淡，时涨时落，是这里区别于其他水乡的独特魅力，是大自然赋予的生命律动。

当前，东湖的"主旋律"尽在南北两岸，尽在东湖一塘。

这里，曾经是陆游的"陂塘"。陆游当年出任宁德县主簿，闲暇时光经常出去兜风采风。"霁色清和日已长，纶巾萧散意差强。飞飞鸥鹭陂塘绿，郁郁桑麻风露香"，这是年轻诗人的所观所感。想必，陆游眼中的"陂塘"有两个。一个在此，曰"东陂塘"；另一个在不远处，曰"西陂塘"，也就是如今上汽、新能源等"金娃娃"们落户的"赤鉴湖"一带。当年的这两汪湖塘，水波盈盈，芳草萋萋，正合了宋词的婉约意境："水是眼波横，山是眉峰聚。欲问行人去那边？眉眼盈盈处"。而今，随着东湖国家湿地公园的开发建设，人们把沿湖栈道的漫步，当作一种最愉悦的休闲。

如果你远道而来，不经意间在这里邂逅一个偌大的江南，那该是怎样的惊喜啊！信步行走在曲曲折折的栈道上，看近处波光粼粼、楼宇流光溢彩，远处渔火点点，霓虹长桥卧波，你是否抛却万般烦恼、梦回十里秦淮？你会感觉世界如此宁静，个体生命不觉已经融入这一幅浓淡相宜的水墨之中。这样天地万物呼吸与共却互不干扰的宁静，该是生命最美的留白了。你想象自己是一株绿色植物，在这远离尘世的渡口寂静开放；或许，你是一缕皎洁的月光，阅尽世事沧桑而厮守一隅恬静。正如这栈道一般，人生也可以在红尘阡陌间寻个曲径通幽处，将思绪慢慢释放，把心灵轻轻安放。沉浸在这繁华中的宁静里，你闭上眼睛就能聆听到大自然最本真的声音，如同母亲在用方言呼唤着你。

如果你家在湖畔，而你的居所竟被命名为"国家湿地公园"，那该是怎样的欣慰啊。湿地，是大自然最柔软最娇媚的部位。公园，是文明社会居民们最安逸闲适的去处。何况，这里还不仅是为数不多的国家级湿地公园之一，同时也是正在崛起的国家级经济技术开发区。宜居宜业，二者兼顾，莫过于此了。所以，不论是细雨飞花的初春，还是骄阳明丽的秋日；不论是薄雾朦胧的清晨，还是渔舟唱晚的黄昏，北岸、南岸的栈道上总有行人在漫步，这就不足为奇了——谁不想靠近美、体验美，消遣美好时光呢？东湖的美，就是这样千回百转却又让人一见如故。作为这里的主人，你一定不会吝啬自己家园的美景，你会热情召唤有缘的人们都来分享这沧海桑田，都来见证这浴水重生的新奇。也许你想要抒情或讴歌，但很快就发现，东湖的明亮、灿烂、喜悦，正在被所有热爱这里的人书写、记录、传播。一句"我有幸生活在这里"，就成为常住在这里的你最长情的倾诉，最浪漫的温存。

时光流转，四季轮回。正值"乱花渐欲迷人眼，浅草才能没马蹄。最爱湖东行不足，绿杨阴里白沙堤"的光景，一场以"闽东之光"为主题的"青春回眸"诗会被安排在了这个玲珑的海滨城市。一批全国知名的诗人从书本里、网络上走出来，欢聚于东湖之畔。这些个"身体或灵魂，总有一个在路上"的情种啊，短短三天的行吟之旅，就对这里的山水草木无限缱绻，诗情在眼中流淌，诗意在脚下延伸。他们如同捡贝壳般捡拾着诗句："海天在这缠绵/生了大大小小的岛屿/闽浙要冲，海滨邹鲁/想想宁德，是多么宁静与安宁"。他们像品海鲜般品味美景："秀色可餐，夜色也可餐——/宵夜是个神奇的词/要宵就宵宁德的夜/微雨中的宁德，在午夜里有着微凉肌肤/和妩媚的眼神/啊，我们都是宁德的情人/所有诗人都是大地的情人——/这一刻，在初夏的午夜里/我们与宁德相互抚摸，彼此依偎"。

漫步东侨，如诗如画的夜色，让诗人如此沉醉。他们把自己醉成时间的支流，汇入东湖；醉成诗句本身，嵌在宁德："宁静的夜晚，美丽的夜晚/我们一行人像一行诗，在宁德的大街上/手挽着手，与宁德/与这个世界十指相扣"。

最爱湖东行不足。

依恋家园，祝福宁德。

细小平常滋味

◎ 金丹丹

住在不大的城市，就享受细小的生活。

夏天的下午如果下急雨，下班后就可以拐去菜市场。海边的滩涂因为大雷雨导致盐度大量下降，水变得很淡，住在滩涂上的螃蟹啊蛏啊跳跳鱼啊都有点耐不住清淡，跑来跑去唧唧哇哇。这时，渔民也跟着勤快起来，夏天本来就是收获的季节嘛。

软壳鲟

夏天下午的雨后，菜市场上很容易有野生软壳鲟这样的宝贝出现。一般正常的鲟，渔民就送到酒楼去了，但软壳鲟实在太少，品相大大小小，不成盘不上席，酒楼不爱收，更不值得运输去外地贩卖，正正好就适合渔民自己拿个秤站在菜市场门口随便卖一卖。卖的人不过图个碎银几两，买的人却全是意外捡来的惊喜，回家随便一焖，老人也能嚼，小孩更好其趣，像我们这样在此地生活到中年的，更知道一年就这一季，一生吃不了几秤，细细吃来，从太阳挂在美女峰一直吃到暮色蓝黑万家灯火还在餐桌边，顺带还讨论几回海产的事。这真正叫做大自然的馈赠，人半买，天半送，一半吃嘴里甜美，一半吃季节轮回。

野生海鲜最大的好处是干净。养殖的蝽，不管多么肥美，腹下却总黑一片。野生的蝽却乖乖的，手掌心那么大、全身干干净净、清清白白的，是标准的好人家好姑娘的意思。把清水煮的家常软壳蝽放在嘴里，饱鼓鼓的刚退完的薄薄软软的壳简直就是溏心荷包蛋那样的口感：液体里的固体微微破裂感，七月的东南沿海气味又清新又浓烈，又娇鲜又甜美，简直就是大雨清洗丘陵的气味，是白鹭停在港口大樟树的气味，是灰蓝色三都澳的气味。

这样还不足以形容。读书读的够多、却又贪恋小城乡梓桑榆的人，还能翻出"风动荷花水殿香，姑苏台上宴吴王。西施醉舞娇无力，笑倚东窗白玉床"这样的句子，倒上几两青红酒，也许还可以招个小辈来一起吃蝽，看青少年们皓齿如白玉床，嚼着软壳蝽散发水殿香，你们就可如吴王西施半醉不醉，在这七月海边小城的一整盘软壳蝽前痴痴地剥了一只、再剥一只，直堪醉卧这东海海岸线最弯曲之温柔乡。

油鳗干

夏天的大太阳也适合晒油鳗干。

外地的亲戚如果来宁德，最经常就是买两斤油鳗干给他们带回去。这是我大半生作为海边小镇家庭主妇之经验：厨房里必须备点鱼货，家里也应该有时时来往之亲友，如此才算得上愉快人生。

鱼最好吃的部位是头下腹上鳍前雪白那一片肚皮，我的那些坏坏的中年朋友开玩笑总称之为"香胸"，无刺无鳞、无筋无节、白嫩细滑、香软丰腴。可惜的就是，一般的鱼，腹大不过三指，清蒸一只上来，只能分一两个人。油鳗完美地解决了这个问题，修长浑圆如直棍，小脑袋到小短尾之间笔直笔直全是腹部，全身都是肚皮，每一片都是肚皮，夹了又夹，永不匮乏，晚餐时桌上有盘油鳗干，简直觉得实现了"豪吃"鱼肚皮的自由。

此物不仅宜自吃，更宜分享亲友。油鳗干制作简单，剖杀之后稍微调味晾晒即可入冰箱，软硬适中好切好洗，外形成长方形片状整齐好收纳、颜色金黄偏棕相当耐看，体积小而规整，价格不低也不算特别贵，又好运输又好携带，对保存要求不高，真正是"非常完美、很乖很乖"的主妇友好型食材。

等做成成品上桌，给小孩吃无刺而营养丰富，给老人吃香而不费牙，给海边人吃也很容易感动，鱼干特有的氨基酸发酵气味满满的。给不惯吃海鲜的人也很容易接受，因为是深海鱼几乎没海腥味。更重要的是，以老抽浓煮之即可成典型台湾风味酱鳗片，以日式照烧酱烤10分钟即成甜甜日式烤鳗鱼，简单煎熟再胡乱撒上黑橄榄和玫瑰盐正好搭配希腊红葡萄酒。如果能切成菱形，摆在淡蓝色的大盘子中间，用焙芝麻口味沙拉酱飞快画几道弧线再摆上个土豆球是完美的法餐正菜：够饱腹够貌美适合刀叉营养完美。

不过，最好吃的当然是做鳗鱼饭吃。我的初中闺蜜多年来依赖我给她寄鳗鱼干，从不间断。她一个人住在遥远的北方大城市，下班回家直接开电饭煲干饭模式，下米一小杯，中间开冰箱取一只油鳗干冲水切片的时间，正正好米半干水初收，就往电饭煲里丢鳗鱼片，放一点点广东辣酱油大力搅拌之，再焖到电饭煲自动跳起，据说必成完美鳗鱼饭，淡黄如金，从不失败。她甚至吃出经验来，指导我每只鳗鱼应切成七片，可以长宽完美成正方形，并符合全真七子修真之意。唉，我怜惜她离宁德这么遥远，一个人做饭只有鳗鱼干作陪，就原谅她对待故乡风物的过度眷恋。

其实油鳗干之美好，就是几乎不需要烹饪经验，随便放盘子里一蒸，什么调料都不需要（在我家姜丝还是要一点的），久蒸快蒸都几乎不妨碍口感，下酒就粥都相当适合，完全不需要那么多的形式主义菜谱。这主要是因为，我们就住在海的旁边，有着全中国最细致委婉的海岸线，每一个滩涂每一层海浪里美好食材俯拾皆是。油鳗干而已嘛，哪怕全世界都把它当做珍贵食材，在宁德，我们也不过是简易待之，胡乱丢在冰箱里，随便做一做就算了。

梅鹤古韵

◎ 林立志

　　千山拥堵，万水隔绝。这种地理环境让梅鹤少了些战火的纷扰，而独守一片安宁、一片完整。自宋以降，梅鹤在每个朝代都留下了至今依然保护完好的建筑，这不得不说是幸事，让造访的文物专家啧啧称奇，花桥、九跳桥等20个建筑已成为区级文物保护单位。梅鹤的单体建筑或许不算大，但时间跨度这么长，总体规模这么多，十分稀少，堪称乡村传统建筑博物馆。

　　建筑的美，美在深厚的积淀。自宋以降，历朝历代，集腋成裘，光彩夺目。梅鹤的"古桥三剑客"，便是积淀的缩影。

　　花桥，原名沉字桥，又名登龙桥，坐落于梅鹤村水尾，现已成为宁德市最古老、规模最大、保存最完好的石拱廊桥，是全省、全国少有古的石拱廊桥。花桥砌造于宋崇宁五年（1106年），清乾隆三十四年（1769年）廊屋坍塌，清乾隆四十三年（1778年）年重修。因重建后桥的廊屋工艺精湛、雕梁画栋，改称花桥。桥南北走向，横亘于村尾水口，衔接对峙两峰，气势如虹，被誉为"宁阳第一桥"。花桥由花岗岩石砌成，二墩三孔，全长36米，廊屋为抬梁、穿斗式混合构架，双坡顶，中间歇山顶。朱熹与陈普的千古绝对"紫阳诗谶石堂名彰千古，玄帝位尊金阙寿永万年。"依然题在梁上，耀眼醒目。花桥承载着历史，穿行在石拱桥面上，宋代不规则的、明代方块的、清代长条的石头上的历史印迹，清晰可辨。

九跳桥，建于宋朝，全长 25 米、宽 2.4 米、高 8 米，由九条长 7.23 米、宽 0.8 米、厚 0.5 米的石板条架构而成，每条青石板重约 10 吨。石桥块石干砌，迎水面分水尖为整块石条打制，世所罕见，金刚墙上部石块叠涩交错伸臂。时至今日，要建造此类桥梁，难度依然巨大，在没有任何机械的宋代，难度自然超乎想象。九跳桥是如何建造的，也许是个难以破解的谜。

柳墩桥，建于清光绪六年（1880 年），占地面积约 11 平方米。双跨石梁，中间设门字形石架，每跨用三块石板，均为整块石头分割后运输安装而成。小巧玲珑却也情趣盎然。

国外研究桥的学者认为桥是性的一种隐喻，如廊桥遗梦，桥演绎了浪漫；国内的民俗学者更愿意认为桥是风水的象征；当然，桥也可以是健康的标志，如民间走桥祛病的习俗。梅鹤古桥亦如此。花桥缘于性，相传梅鹤村对面有个村庄，一个女子出外经商赚了钱，听风水先生说这边山像公牛，梅鹤后山像母牛，若在村尾建座桥，就可以把结元洲（梅鹤）的风水引过来，发富发贵。于是，该女子便义无反顾地建桥。桥建成，但人算不如天算，公牛让母牛吸引了，结元洲更发达了，这个村庄逐渐荒芜。

九跳桥则与风水斗法有关。宋时一位风水先生路过漈前村，该村的财主正在光着脚晒太阳，他说：先生，你看我别的都好，就是脚臭，怎么办？偏偏这个风水先生没多大肚量，就说：东家，你这脚臭与风水不流通有关，村前建一座桥与对面连起来，风水一流通就好了。财主一听有理，那就建吧。于是，按照风水先生的设计在村前用九块大石板建了一座连接两岸的石梁桥。财主没想到的是，风水先生用桥破了他的风水。原来漈前村属风水上的九凤落洋格局，九跳桥九块石板就像九支利箭直射九只凤凰，风水自然大败了。

风水，性，当然还有交通的重要作用，桥成就了人文的风景。于是一座桥梁俨然成了一条时空隧道，可以触摸前人创造的意志，可以欣赏匠人不朽的才情。

建筑的美，美在种类的多样。小桥，流水，人家，营造了桥上的风景。宫观、庙宇、祠堂，营造了精神上的风景。

离花桥不远，有一座在闽东独一无二的宫庙：东岳宫。

东岳宫始建于元代，为谢姓祠堂。明永乐年间庶吉士谢霆就出生于此。谢姓衰落外迁后，由林姓改为东岳宫，供奉东岳大帝及温元帅、康元帅。后经多次演变，现供奉东岳大帝、佛祖、温康元帅、陈靖姑、陈普，集佛、道、儒三家于一体，三教合一的精神信仰在此和谐圆融，"并排坐，吃果果"，神仙佛于此也享受着人世间的快乐。现存建筑为明末清初及清后期所建。合院式宫庙，占地面积922平方米。由门楼、敞廊、偏房、三座并排的大殿组成。门楼，四层如意斗栱叠涩出檐，木质抱鼓石及门枕石极为罕见。偏房穿斗减柱构架。大殿三座并列，左二座为明代清初建筑，两座建筑平面布局，屋架结构相当，在统一中又富有变化，在这里几乎可以欣赏到所有的闽东民间建造工艺，一座东岳宫就是一座袖珍民间建造工艺博物馆。东岳宫的镇宫之宝——秦代神像，更是受尽村人的顶礼膜拜，显现了神奇的信仰的力量。四家厅、十年厅、梅鹤大厅，平缓的屋面，方形扁斗，栱弧度大且舒展，雕刻装饰较少，造型简单、古拙，典型的明代建筑特征。明代的梅鹤无疑在大兴土木，工匠们锯木砌砖挥汗如雨，嘹亮的夯声此起彼伏。外地请来的大师，端着罗庚，把远处山涧的清泉引入村庄，小心翼翼地从天干出水流向下庄。还费尽人力从远山抬来大石块，在村中心砌起弥陀座，给石门阙安上了精雕细刻的"鹤鹿石雕"。流连于这些古老的建筑，不难看出当时梅鹤人的执着、坚定和大气。

一大片紧密相连、错落有致的明、清民居，穿梭其间，品味明、清前期、中期、晚期的各类乡土建筑，令人目不暇接。封火山墙，类型多样，如出封火墙悬山、跌落式硬山、盔刑硬山、鞍刑硬山、双坡硬山、双坡悬山、青砖盔刑硬山、青砖鞍刑山墙。墙帽亦五花八门，有瓦花墙帽、九片瓦鲨形墙帽、三脊墙帽、七片瓦鲨形墙帽、双坡墙帽。轩廊做法也各具匠心，既有双坡双步廊，也有三步廊，三步廊中尚有多种复杂的做法。同时，使用了针鼻、夯土墙工艺、栏杆、石刻、木雕、悬鱼、铺首、彩绘灰塑等，各种工艺，花样繁多。

有人说，建筑是凝固的音乐，而梅鹤建筑形成的实体空间似乎有更大的诱惑，仿佛是一场横亘千古的宏伟叙事，更多的是灵性的吸引与震撼。

一座城　一些人

——写在宁德撤地设市 20 周年之际

◎ 林思翔

虽然离开宁德到省城工作 20 多年了，但我还经常想着宁德，关注来自宁德的信息，不时还会到宁德走走看看。

20 世纪 70 年代初，我是因地区机关驻地由福安迁往宁德而来到宁德城的。那时宁德城呈长方形带状，依偎在镜台山下，形似蕉叶，故有蕉城之称。城虽不大，却有着千年县治史，算是一个老城了。城区纵横交错的宽巷窄弄，迷宫似地挤在屋檐下，走着走着就迷了路。最热闹的街道算是小东门，一边是小溪清水流淌，一边是各种海鲜鱼货摆满路边。嘈杂的叫卖声砍价声，熙来攘往的提篮挑筐人流，处处可感小城的烟火味。

在低矮民房为主基调的坊巷间，散藏着一些民国甚至明清时期的古厝。有的古厝相当气派，高高的门庭，长长的石阶，方方的天井，宽敞的大厅堂，考究的雕饰，布局合理的开间，以及厝内水井，展示了地域特色的建筑文化。古厝还诞生了一批优秀人才。为长征胜利立下汗马功劳、被徐向前元帅称为"无名英雄"的我军技侦战线早期领导人蔡威，就是从前林路的一座大厝里走出来的。蔡威故居如今为蔡威革命事迹展陈馆，成了人们了解这位长征路上"顺风耳"，学习烈士革命精神的场所。

地区机关迁来宁德时，正处"备战夺粮"时期，为不占用良田，我们地区机关办公楼就建在山坡荒地上。那时提倡"干打垒"，因陋就简盖房子。宁德靠海，木材少，石头多，办公楼都是用石头砌造，连电线杆也是石板条锯成的。地委、行署和军分区三座办公大楼共用一张图纸，三座楼一个模式，一样大小。

20世纪70年代末，因地委办公大楼过于拥挤，就把边上一座二层宿舍小楼加了一层成了办公楼，供地委领导和办公室人员办公。20世纪80年代后期，就是从这座石砌的三层小楼里发出了"摆脱贫困""滴水穿石""弱鸟先飞"的号召，为闽东的脱贫致富指明方向，为300万人民步入小康社会擘画宏伟蓝图。

宁德城头枕青山，面朝大海，宽阔的三都澳是她的前沿腹地。这片浩瀚的海湾连着台湾海峡，不仅盛产黄花鱼等各种鱼类，而且具有漫长的深水岸线，是个难得的天然良港。郭沫若先生曾泛舟其上，有感而发赋诗赞曰："三都良港举世无，水深湾阔似天湖。"这个美丽富有的港澳，早年为外国侵略者所觊觎，因此这里也留下了明代戚继光在横屿岛（三都澳内）抗倭大捷和19世纪以来这里的人民为反抗外国侵略者前仆后继不懈斗争的光辉史迹。海洋文化为宁德古城增辉添色。一半山地一半海，山海相拥造就的宁德城，山地如画，海涛如歌，是一处典型的"山海交响"之地。

30年的山海交响，奏出了时代的强音。如今的宁德，"滴水穿石"已见成效，城区发展日新月异。

站在镜台山上俯瞰宁德城区，街道纵横有序，高楼拔地而起，绿地成荫，欣欣向荣，一座生机勃发、充满活力的崭新城市。城区的形状已经从瘦长的蕉叶形变成肥硕的苹果形，建成区面积从原来的5.7平方公里，发展到60平方公里；城区人口也从5万多发展到60万人。

20世纪五六十年代由海湾围垦的东湖塘万余亩海滩地，是我熟悉的地方。20世纪70年代初，地区机关干部为贴补口粮，曾在那里种地劳动。如今这片围垦地成了东侨经济技术开发区，一个个布局精巧的居民小区星罗棋布散落其间，还有宁德师范学院、火车站、交通枢纽中心、博物馆、科技馆等一座座新潮楼宇，成了古城新貌的标志性建筑。温福铁路、沈海高速如两条巨龙凌空而起，跨越海面，奔向远方，成为南北交通的两道大动脉。沧海桑田，山川巨变！我这个"老宁德"转了半天，也辨不清东西南北。

更令人惊叹的是东湖的变化。当年垦区在原来的深水港湾处留下了3000多亩水面，由于造纸厂废液流经，污水横溢，臭不可闻，行人无不掩鼻而过。就是这么个又脏又臭的水面，如今改造成了如翡翠般湛蓝的美丽东湖，堪称宁德版的"龙须沟"。站在湖边，但见碧波荡漾，水光潋滟，鱼翔浅底，鸥掠水面；沿湖两边的南岸、北岸公园，草木扶疏，四季花香，成了两道护湖的绿色长廊；湖畔的远山近山及山地间楼群，尽映水中，疏密有致，异彩纷呈。涟漪荡开，影随波动，亦真亦幻，如同一幅灵动的山水画。走在湖面蜿蜒曲折的木栈道上，诗意山川尽收眼底，令人流连忘返。

如果登上湖口的闸门大桥眺望三都澳，那又别具一番景色。一望无际的海面上波涛翻滚，气势磅礴。网箱渔排如同直线划出的阡陌一般整齐有序，渔船穿梭摇荡，巨轮缓缓前行。一幅充满动感的画面。驻此观海听涛，让人胸襟豁然开阔。

青山绕城，湖在城中，城在海边。这里的人们栖居在诗意般的生态环境中。

山海交响，催生出了一批"金娃娃"。宁德城西陂塘垦区地面上诞生了全球最大的聚合物锂离子电池生产基地"宁德时代"，2019年锂电新能源产业完成值700亿元，今年可望上千亿。当年的城郊海滩上，如今建起了5万多人集聚的"新能源小镇"。还有年产汽车能力达 30 万辆的上汽宁德基地，以及中铜东南铜业也在此落户。全球最大的不锈钢生产及深加工基地青拓集团就在离宁德城不远的湾坞扎下根来。

从宁德城发出的"摆脱贫困"的号角，久久地回荡在闽东大地，化为闽东人民全面建成小康社会的内生动力。30 年弹指一挥间，闽东却发生了翻天覆地的变化。全市 77.5 万人实现脱贫，现行标准贫困发生率降至零，"十三五"以来，全市 7.2 万现行标准建档立卡贫困户人口实现全面脱贫，453 个建档立卡贫困村摘帽"退出"。闽东人民以"滴水穿石"的韧劲，锲而不舍的努力，终于摆脱了几千年来的贫困，步入了全面小康社会。这只当年的"弱鸟"腾空而起，翱翔蓝天！

回望既往，百感交集。永远忘不了宁德城，这座我既熟悉又陌生的城市。

油菜花开遍地香

◎ 周玉美

阳春三月，正是油菜花开的旺季。一脚踏上这片土地，我顿时被眼前的情景怔住。

20多年前，这里原本是个贫穷落后的畲族村，如今却成了全国小康建设明星村、全国文明村、全国美丽乡村示范点……2016年，全村实现社会生产总值达20亿元，村集体经济收入550万元，农民年人均可支配收入2万多元。

柏洋村党委书记王周齐是全国劳动模范。他见到我们，非常高兴，忙请我们到村委楼会议室坐。他中等身材，身着一袭灰色便装，非常朴素，一张国字脸上写满了慈祥与能干。他给我们介绍村里的一些情况后，便说道：我带你们去外面走走。

春风和煦，阳光明媚。老王书记一边带领我们参观孝文化主题公园和柏洋文化宣传长廊，一边介绍说，柏洋村在新村规划中始终贯穿着"孝""廉""畲"文化元素，先后兴建了孝文化主题公园、柏洋文化中心、永和文化园、职工文化广场、柏洋文化宣传长廊和廉政教育示范基地（太姥清风苑）等宣传文化阵地。目前，村里已组建了广场舞、农民合唱团和礼仪队三支队伍，弘扬好家风好家训……

此时，我沉浸在这浓浓的文化氛围中。村里到处弥漫着"孝"文化的气息。以孝命名的"孝文化主题公园""永和崇孝路",每年举办一次的"孝文化节"……

漫步孝文化主题公园,望着文化墙上雕刻着的"二十四孝"图和"新二十四孝"图,心想:这难道不正是在倡导以"孝为先"的农村主题文化建设吗?它把孝道文化与时尚元素相融合,孝道文化与廉政元素相融合,孝道文化与学校教育相融合。这是以老王书记为主的村班子领导极具独特又富有创新的想法啊。

走进文化长廊,春风拂面,柳条依依,鸟儿啁啾。长廊外放生池里,鱼儿们摇着尾巴,悠闲地游来游去。

我们为老王书记所取得的成就竖起大拇指。他笑着摇摇头说,20多年来,我们时刻牢记习近平总书记的嘱托,弘扬"滴水穿石"的闽东精神和"弱鸟先飞"的精神,按照习总书记"围绕实现新农村建设的光荣任务,围绕建设全面小康社会的战略部署,继续努力"的指示,抓好特色产业、产村相融、项目带动、扶贫攻坚和人口集聚五项重点工作,带领村民脱贫致富。要让村民致富,必须要有创新。我们把荒山变基地,把农家变酒家,让村民们在自己家门口就能走上致富路。村里一家经营面点的,每月纯收入竟达3万元。只要村民们都能过上好日子,我们多苦多累都值得……

下午,王书记带领我们来到金山农耕文化园参观。这是一个集农业观光、农耕体验和农产品产销为一体的农业综合开发项目,设有农耕博物馆、白茶加工区、农耕体验区、林下种植区、万桃林、花卉展示区、垂钓区和农产品展销区。他笑了笑说:你们都是诗人、作家,眼下正是油菜花开的灿烂时节,赶紧去油菜花园里捕捉灵感吧。

我们很兴奋,直奔油菜花而去。当我们置身于半山坡那一大片油菜花田中时,我的心灵被震撼了。四野无尽的、灿烂耀眼的油菜花正默默地开放着,那阵阵沁人心脾的馥郁芳香扑鼻而来。微风吹过,泛起一片涟漪,犹如一幅巨大而轻柔的锦缎在迎风飘拂。在阳光下,是那么艳丽、温馨、耀眼。我们像放飞的小鸟一样，三个一群，五个一伙，"飞"到油菜花丛中，摆着各种姿势拍照留念。

油菜花本是一种极寻常的花，没有文雅的名字，没有超凡的气质，静静开放在或肥沃或贫瘠的田野里，向人们传递着春天到来的讯息，给人们带去清新、艳丽、惬意的视觉享受，最后化作一粒粒饱满结实的菜籽，为人们的幸福生活添香增色。

我想，这漫山遍野的油菜花不正是柏洋村人民如今幸福生活的缩影吗？老王书记不正是那花丛中不知疲倦的幸福生活的播种人吗？

阳光照耀的日子

◎ 诗　音

　　"为了看看阳光，我来到世上。"一位俄罗斯诗人如是说。一个生命诞生的理由，就是为了看看阳光。眯眼向天，是的，阳光多么美好。天空辽阔蔚蓝，群山连绵起伏。大地的花草树木，因有了阳光，就有了动人的色泽和光彩；生活有了阳光的照耀，每个日子就都会是闪亮的。

　　我想说的是一束鲜花，一束鲜花也可以是一束阳光。

　　当你在家中插一束鲜花，黯淡的生活就会打开一扇明亮的窗口。

　　记得小时候，不知什么缘由，有一段时间，经常在一个远房的表姑家玩。表姑好像结婚不久。房子也很新，木板壁、木地板都是浅淡的木原色。能脱了鞋，在地板上随意伸展四肢，坐着或趴着玩，若有若无地闻到淡淡的树木香，这让一个小毛孩很是开心，要知道，20世纪六七十年代那时，小镇上许多人家里还都是泥土地，灰暗的楼阁木板地也都是古旧发黑的。而且，表姑的房间还有宽大的玻璃窗，早晨的太阳从窗户斜斜照进屋里，照在桌上的一束黄玫瑰上，那花瓣凹窝得真是可爱。那是插在花瓶里的一束塑料花，但那时即便是一束塑料花，一颗幼小的心灵，也能感受到表姑房间里的洁净、明亮和幸福。

　　后来，看到杂志上的一张插页，是异域风情的房屋和小街。房屋的窗台和阳台上盛开着一盆盆鲜花。有的墙上还覆盖着浓绿的爬山虎，丝丝凉风在叶丛中穿过，画面幽静而美丽，没有出现人，却充满生命和生活的馨香。

再后来，看到有人把花作为礼物赠送亲友，送花人和收花人都让我感到温馨美好。但那只是在电影里或大城市的事。而在小城镇买花是一种奢望。小地方，许多人还掏不出买花的闲钱，而且，也没有那种观赏花可买。当然，有路边的南瓜花，架上的丝瓜花，竹篱上的豌豆花，还有田野上的紫云英或油菜花。但那是一些要爱惜却不能带回家的花呀。散步，那是少数人的优雅和习惯。水果也是一种奢侈品。只有房前屋后有个小园子的人家，种一些土梨土桃子。过年办喜事人家回送的礼包里，能见到两三个橘子，而就这几个橘子，也还要再作为礼物转送来转送去。其他水果更是罕见芳踪。

是啊，从一束鲜花到普通人家的路途有多远呢？

印象中，20 世纪 80 年代以后，天空好像顿时明亮了许多，四周的空气也随之温润暖和起来，恍若由先前的黑白默片，进入立体彩色片。这世界逐渐色彩缤纷了起来。许多被压抑而沉寂的声音、思想和事物，如春苗出土，鲜花怒放。欢乐的大学校园，平反的人们，解放的影片，重版的名著，小巷传出了古典或流行的歌曲，大街上飘起了红裙子。渐渐地，人们的服装像花海一样鲜艳斑斓起来。这之后，小城镇上陆续开出了几家花店。访亲探友，婚礼寿宴，恭贺喜事，逢年过节，清明怀人时都会买一束鲜花，或送一个花篮。尤其是近几年的春节，你可以看到街上运来一小车一小车的水仙花，还有康乃馨、石菖蒲、玫瑰、百合之类，满地摆去，又一盆盆一束束地被人们带回家中，这样的年哪能不花好月圆呢。

花香终于在小城镇如歌一样飘荡起来。

我现在居住的霞浦，就是一座美丽的海滨小城。装修漂亮的住宅新区连成片，窗台阳台上盛开着鲜花，已不再是图片上的美丽了。超市里各色水果，琳琅满目。城北，绿树葱茏、风景秀丽的龙首山，成了霞浦人健身休闲的好去处。清晨，有起早在山道上散步的老人；傍晚，则多是下班或下工后的青壮劳作者。其中阵势最大，说笑声及歌声最嘹亮的是一群卖海货的摆摊人，他们在结束了海鲜早市，忙完了家务后就结伴到山上锻炼，或跳舞，或踢毽。华灯初上的时候，文化广场上，还有社区活动中心的排舞人也跳了起来，男女老幼，原来个个都善舞，伴着美妙的旋律，散发出幸福的芬芳。

沿着鲜花的清香，我们溯流而上，饮水思源，除了更加热爱与勤奋，只有心怀感恩。

我们还祈愿，鲜花能使人心向善，让世界更加美好，远离战争、邪恶和伤害。

一束鲜花在瓶，幸福的时光里，它是你快乐的歌唱；不如意时，看看花的美好，也是一种安慰和祝福。

在生活中插一束鲜花吧，阳光会穿窗而来。

海 蛎 花

◎ 郑飞雪

　　小巷的菜市口，常年坐着挖海蛎的女人。她躲在阳伞下，蓬松的头发被风吹得凌乱，单只手戴着橡皮手套，另一只手持着蛎刀，风雨无阻地在摊前挖海蛎。蛎壳在她身后一堆堆翻白，身前又堆起一筐筐灰黑的蛎壳，像潮水一波呼啸而去，一波又澎湃涌来，身边永远有开不完的海蛎。

　　我总是那么迷恋地欣赏女人挖海蛎的手，在一枚枚蛎壳间跳跃，如青青竹篾间跳动的手，盛开优雅的兰花指；如衣裳经纬间穿针引线的手，拉伸起绵绵的温柔与爱意；如绿色茶园里采茶的手，流淌着浓浓的春意。这灵巧灵活的手，不逊色于琴键上飞扬的手，丹青间弥漫墨香的手。有皙白柔软的手无力地搭在桌案上，让另一双手为之描绘，描绘出血红的玫瑰，苍白的茉莉。再精致的花纹点缀着休闲的指甲，也不会让十指生香，绽放出力量。劳作的手，手有余温；传递的手，手有余香；歌舞的手，手有余韵。

　　女人有时把半截指套套在左手指梢上，伶俐地从蛎堆里找来一串蛎壳，边角棱嶒没有规矩的蛎壳经她的手巧妙翻转，呈出品相，变得乖顺起来。右手的蛎刀找准契机，从密闭的缝隙间尖锐地挖开去，锋锐坚硬的蛎壳如花生壳一样，"咔"的一声，清脆地剥开了。秘密坦露出来，奶白色的蛎肚，灰绿色的蛎裙，裙边有青黑色的细密锯齿形滚边。这么时尚的服饰，让我联想起凉爽夏日街头流行的波西米亚长裙，少女纤细的腰肢从草地上轻轻袅袅，波浪起伏的裙摆在微风中飘动，飘荡着浪漫的田园风情。一袭裙装的海蛎绽放在洁白的蛎壳里，生动得像水汪汪的花朵。

蛎刀撩开裙角沿着奶白的蛎肚轻轻一拨，海蛎花就从半扇蛎壳内轻盈地脱落下来，洁白的蛎壳留下一块紫黑色的疤痕。那深紫色的生命胎印如一道隐语，默默诉说着孕育的疼痛。挖海蛎的女人指着蛎壳内紫黑斑痕上没有刮干净的海蛎丁，称是蛎耳，这样的蛎耳最好吃。我欣喜她这样的命名。这名字，让死去的海蛎又复活了。柔软寂寞的海蛎从这一声呼唤里，让我听到鲜活的生命。蛎耳，灵性的耳朵。海蛎姑娘躲在洁净的壳里，外壳粗粝，内壳光洁，如天堂一样明亮。蛎姑娘用耳贴紧壳壁，谛听水晶宫外面潮水澎湃的声音。潮水从海的胸肋间涌来，传播着大海血液的脉动和匀称的呼吸，像一首首歌谣撩动着海蛎姑娘的心情，她旋转着飘逸的裙裳，在浪花朵朵间飘舞。沉醉的海蛎在壳内半梦半醒，清醒中孤独，梦乡中痴迷。似醒非醒，似梦非梦，这样躺着。在波心深处，聆听千年不变的涛声。

挖海蛎的女人看我双眼直勾勾地盯着海蛎摊，脚步一动不动，她并不知道我的思绪穿过她灵动的手指，飘扬在苍茫大海上，浮想联翩。

买点海蛎吧，竹江海蛎。她用水一样袅袅飘动的声音召唤我。通常，羁绊住我思绪的不是水一样婉转动听的音色，而是她词汇中那个绿水环绕的美丽地名——竹江。

我没去过竹江，但知道那是个四周海水环绕的绿色小岛。"竹"字取名，是由于岛上翠竹成荫，枝叶婆娑，鸟鸣婉转。绿色岛屿如一片翡翠色竹叶停泊在波浪之上，也许，如一只张开双翼的蝴蝶翩然栖息水面。竹的韵致如轻歌曼舞缭绕着水乡。我认为，所有赶海的女人都应该出生在这座幽静的小岛上，像一群群粉蝶从小岛的绿荫间翻飞出来，停栖在浅浅的滩涂，追逐着浪花，寻觅着浪花一样的贝壳。

年轻的祖母赶过海，清风明月的小岛一定是祖母的诞生地。年轻的祖母走过滩涂上蜿蜒的汐路桥，夕阳金色的余晖涂染着她光洁的脚丫，她赤脚蹦跳过琴键一样的丁步石，远方海雾弥漫，身后裙裾飘摇，脚下的石垛爬满碎星星般的野蛎壳。祖母行走的身姿像涉水低飞的蝴蝶，像一朵鲜灵灵的海蛎花跳跃在贝壳之上。竹江，这水域连绵的小岛，是我心中家乡所有岛屿的代名词；这诗意缠绵的名字，让我思念着家乡海土的气味，祖母远去的气息。

竹江的海蛎肉质硬，煮完不缩水。挖海蛎的女人转动着水灵灵的眼睛，介绍说。

我用小瓢舀出带水的鲜海蛎，放在漏勺上淅沥，浑浊的海蛎汤水穿过漏勺孔隙，一滴一滴往下滴，有水滴石穿的耐性。这样的沥水过程，让我平心静气地悠闲等待，看云朵一片一片从头顶上浮散，菜市里的人为了生活在狭窄的小巷忙碌。在家乡买菜这样悠然自在，可以哼着歌儿，攒足心情在摊前闲看，沥干水分毫厘计较。水乳交融的生活平淡如海，绽放出朵朵雪白浪花。逛异乡市场，海蛎带水称重，刻板地没法砍价，时间是金钱，水分也是金钱，能过秤的，就有价格。奔波的路途如远行的水路，漂泊着飘忽着，一疲惫，方向迷糊了。

挖海蛎的女人在过秤之后，利索地搭把翠绿的萁菜，或者红酒糟白酒糟等。搭配煮，可以吃出海蛎不同的风味。我常常婉言谢绝。我喜爱清煮海蛎，黑的蛎裙白的蛎肚，黑白分明，如曲直有度是非分明的个性。

季节轮转，摊前的女人挖开的海蛎不尽是裙边青黑的那种竹蛎。有时挖开的海蛎，蛎头浑圆淡绿，乳白中像吸饱了淡淡的茶汁，看起来玲珑温润，特别有乡韵乡情。这种挂蛎用绳索养殖。春天时，把种子系在塑料绳索上，浸泡在海水中，任浪潮甩荡。当温馨的海水甜柔地亲吻细弱的蛎种，爱情在碧蓝的海波中悄悄萌芽，海蛎坚硬的躯壳在海水无尽的抚爱中成长、饱满。绳子挂养的海蛎和竹竿扦插的海蛎有不同的味道，哪怕海水轻轻冲荡，海蛎的家园就有不一样的颠簸，海蛎的心灵会有不同程度的挣扎。海蛎成长的路径不同，滋味就不同。要用心细细品尝海蛎的味道，才能品出不同水域的家乡风味。

我敬仰从礁岩上挖海蛎的女人，戴着竹篾斗笠，花布头罩住大半个脸，腰脊裸露在天光下，风吹雨淋。她们像蜜蜂采蜜一样弯腰在险峻的岩壁下，挖采一朵朵细碎如星点的海蛎花。

礁岩下的足迹，宛如熬过一场漫天冬雪。

不是沿海人，吃不惯这种流浪的海蛎，吃不出岩隙间生存的滋味。

五月，东侨

◎ 郑玉晶

那些生命中该驻足凝视的东西，年少时，总容易忽略了它们，譬如三十年前那一千多个五月天的日子，譬如曾盛放过这段日子的一个叫东湖的地方。

这些年间，我有若干次为了公事或私事回到这里，只是，那些日渐延展的道路，在高楼的遮蔽下更显得纵横交错，我这样的路痴，常常不得不借助于各种导航软件，指引我到达目的地。这个时候，我只是惊叹，短短的二十年时间，时代的木铎金钟，是怎样驱使着它疾步向前的。

越过三十年的光阴，去认真找寻那些日子，专注地凝视一次这个地方，也还是在一个五月天。在这样的凝望中，三十年前的场景渐渐聚焦。在一场很凶猛的台风过后，我的老家山区，道路被摧毁，第一次出远门的我，不得不绕道福州来到这里，惶恐和憧憬像两只活物在我心里一路乱闯。从此，一个懵懂少年，在夹道的木麻黄身影下，伴着五里亭轻舞的尘光，把自己交由东湖塘边的一个学校，看似给自己的一生指定了一个明晰的方向。

教室后面的石台阶边，有几丛木芙蓉，开着白的红的像绢纸折成的花，花丛中有一座高高的石头房子，像中世纪城堡一样。这城堡里的一层，是学校的图书馆。课堂间隙，我常常流连在一排排书架间，抽离出来的书籍，点缀着那些昼夜交错窸窣的日子，让我不自觉间学会用文字来描绘世间万物，包括今天的东侨。

大段大段的时间里，我们行走于东湖塘各个人迹罕见的荒野，鱼塘间的桃红蕉绿，金蛇头唱晚的渔舟，侨人低矮的草木屋和他们善吠的看家犬，连那条因为微生物繁盛而色彩斑斓的臭水河，都被我们涂抹在画纸上……一些不乏天赋又努力的同学，在一个不羁的美术老师几乎放羊教学下，用自己的所学，成就了日后斐然的事业或安身立命的职业。至于我，画技早已荒废，只有笔筒里从大到小、一直不舍得丢弃的几支连号扁笔，证明这些日子确实存在过。

我曾以为这个荒滩野地的小城边缘，只是命运为我安排的、纯粹是为了稻粱谋暂时栖身之地罢了，但今天看来，不尽是如此。在这个五月天的下午，因为从容，我静下心来再次凝望它，我的内心是欣喜的，好像看到一个久违的寒友，多年不见，她已然华容妍丽、风姿绰约，全无往昔的寒瘦相。

在一场夏雨将至的午后，走进一个个已经入住或正在开盘的楼宇，我们穿行于浓荫蔽日的林道间，那些销售处装点得像过年一样喜庆，各种户型可供选择的样板房，呈现出一派供需两旺的盛景。在东侨新视界前，一场大型的旗袍秀正在进行，几百个无关年龄，不问胖瘦的女性，或浓妆或淡抹，穿着各色旗袍，手拿各种道具，迈着袅娜的步子展示着她们的自信之美，这底气无疑来自于东侨这块土地。

星空深沉的夜晚，站立在金马大桥，看东湖两岸，灯色旖旎，似一支和美的小夜曲，在夜曲中，微波不兴，偶尔有沉潜的鱼虾拨动水花，平静的水面泛起一点细小的涟漪，一圈圈地荡漾开去，就像一把经年抚摸的琵琶，在一双纤手拨动下的尾音，伴着东侨人的安眠。不远处，温福铁路上，有动车带着一排亮光疾驰而过，把人从东湖夜的幻梦中唤回，恍惚间以为身在天上人间。这样的东湖、这样的夜晚，不知有多少人赞叹过、沉醉过，当我以三十年前旧人的身份置身其间时，我仍然不能吝惜自己的笔墨，再次赞美它。

至于"湖光与山色竞生辉，高楼与飞鸟试比肩"这样让外人惊艳的美景，看晨光中往来不绝的行人从容的步履、平和的神态，就知道，这些只是他们已经司空见惯的生活场景罢了。我很好奇，那些和我们学校比邻的华侨现在都归于何处，有人指着车窗外的一个小区说，这就是华侨新村，原来在东侨开发伊始，他们就已经安居乐业了。活动的主办者还告诉我们，随着各类企业落地、地产开发的兴盛，入住人口增多，学校正在筹备建设新的校区，扩大招生规模。其后不久，我看到一条消息，正是东侨某学校在向全社会公开招聘校长。这些见闻，给了我一种自己生命的一部分有了妥帖着落的欣慰。

年岁渐长，虽不是"耳畔频闻故人死，眼前但觉少年多"，但当下社会日趋老龄化的问题，对于时光催发走向中老年的自己，老境的话题，在不自觉间渗入自己的生活，有一些道听途说让人畏惧。但在这个五月的早晨，当我第一次踏入东侨的一个社会福利机构，完善的娱乐健身设施、整洁清朗的居所，那些畏惧顿时消失。在食堂里，我们看到一些老人在排队领饭，虽然时光没有饶过他们的年龄，但他们的身上却看不到衰朽。我们驻足在一个书画室内，工作人员特地向我们介绍一位九十高龄老者的书法作品，我这个界外之人，无法从法度与气势等专业角度进行评赏，却能感受到老人在这里生活的适意。同行中有书法家欣然挥毫，今天已不记得书写的内容，但其恰能表达老人们当下的生活状态和我们美好的愿景。当我们离开时，过道迎面走来这位驼背老人，他落日镕金的笑容、平和无火气的翰墨，让这个看似应该沉重的地方显得十分轻松，我们半是认真半是戏谑地相邀以后也来这里安度晚年。

当这些文字正要结束时，我读到沈从文的这段话，"我感情流动而不凝固，一派清波给予我的影响实在不小。我幼小时较美丽的生活，大部分都同水不能分离。我的学校可以说是在水边的。我认识美、学会思索，水对我有极大的关系。"我想，三十年前，我从一个多山的土地来到这里，把生命的一千多个五月天，交给这片多水的土地，我认识美，学会思索，是不是和这一片多水的土地有关系呢？

而这个五月天，在大雨带来的清凉中，在万顷湖波的润泽下，湖岸葱茏的草木花树，勃发出最恣意的生机，恰似当下的东侨。于是，不必问"千古李侯遗迹在，至今谁有继风流"，风流者，唯我东侨。

竹江秋色正斑斓

◎ 阮兆菁

云淡风轻时，登上巍峨的葛洪山巅顶，俯瞰美丽的竹江岛——"岛如卧虎中流柱，至今胜迹在江隈"。

朗朗丽日，我们站在小马村的堤岸上，一眼就能望穿对岸的竹江岛。迎着微微海风，沿着省级保护单位——汐路桥一路慢行，路桥两旁牧渔耕海的景致迷晃双眼，感叹她的质朴本色和自然美之外，更昭示着霞浦沙江镇竹江人的泱泱智慧。当我们将笔触伸向她的历史，掀开她的面纱时，竹江人引以为豪的汐路桥向着我们走来了！

全场 3651 米的汐路桥，又名达路桥，是国内目前发现最长的古代海埕石路桥。据《霞浦县志》记载：汐路桥于清乾隆年间，由竹江乡绅郑绣轩倡建。至清嘉庆十六年 (1811)，族人郑启昂受道人指点，耗巨资，用三年修建而成。后屡被潮水冲垮，其子郑琼森继承"祖业"，不遗余力进行三次整修才得以畅通。汐路桥像是一条金色纽带，连接着竹江小岛和小马陆地。桥为东西走向，建在滩涂之上，随着潮汐变化，涨潮没于海中，退潮方能行走，故称汐路桥，也被游人誉为"滩涂之路"，宛如一条腾海苍龙，静卧于茫茫的滩涂之上。汐路桥历经百年沧桑，受台风暴雨的侵袭岿然不动，目前已经成为中国海洋文化的一面旗帜，颇具科研价值。

当地乡绅郑启昂父子，依靠原始方法，凭借人工力量，在一片滩涂烂泥之中，掷巨资铺筑了一条全国绝无仅有的古代石板路桥——竹江汐路桥。这一亮眼工程，让一方百姓得了实惠，给千秋伟业增色添彩。郑氏后辈义务清扫汐路桥已经传为美谈，让我们深深敬佩。为了让行人在汐路桥上行走方便，竹江村村委会近年来雇用三个人轮流清扫汐路桥。汐路桥申报国家级文物保护单位，正在紧锣密鼓进行中，有望2020年底如愿。

竹江村，作为一个小岛，历代有不少文人墨客在此驻足览胜，留下许多脍炙人口的诗句，宋代理学家朱熹因避"伪学"事件，流寓霞浦，曾游览竹江岛，并赋其曰"一虎峙江中"。时任政和训导张光璧的五言古风《竹江纪实》曰"……此村本孤屿，岿然峙江渚，山势类几横，列屋颇容与。东枕葛岫高，奇峰海门御。潮退现石桥，延袤几里许；潮平藉小艇，往来渡无阻。里人张郑陈，三姓同托处。前朝卯发科，近午荐乡举，济济多文人，英年列黉序。贫农免外徭，殷家有积贮，地无片田园，谁识辨禾黍？不耕偏粒食，何必采山茹！敢将乐土夸，谋生颇得所，渔村水作田，恰合古诗语……"诗歌生动地描绘了竹江地灵人杰及其富庶的景象。

穿街走巷，淡淡的海腥味扑面而来，"竹江郑氏竹蛎"养殖技艺深深植入我们的脑海。它是中国海蛎养殖史上一次重大革新。竹江郑氏第九世、明嘉靖辛卯举人、江西杜昌县知县（诰赠奉直大夫）郑洪图功不可没。"一身正气堪世范，两袖清风恤舆情"——便是对他由衷地赞美。竹江郑氏竹蛎养殖技艺已被宁德市收录于《宁德市非物质文化遗产名录》，竹江村的后生们目前正在积极申报国家非物质文化遗产项目。

关于竹江郑氏竹蛎养殖技艺还有个美丽的传说。明成化年间，岛上居民将深海牡蛎壳放置于滩涂之上，期待来年长出海蛎。海蛎肉鲜美常遭鱼蟹吞食，于是居民用石头在四周堆砌以护之。不过数日，石头被风浪推倒，难以保持产量。郑氏先民尝试着用山上的竹竿作为篱笆将海蛎围住，竹竿摇曳，鱼惊不入。不料翌年竹竿长满海蛎。于是，竹竿扦插养殖海蛎技艺由此诞生了，"中国海蛎养殖历史的活化石"从此扬名。竹江先贤、明江西都昌县令、赠奉政大夫郑洪图将此技艺翔实总结记载，名曰《蛎蜅考》，流传后世。"国家牡蛎地理标志"印证了竹江村海蛎养殖的历史。

我们欣喜地看到，海蛎养殖业蓬勃壮大，竹江村伴生出现了妈祖走水、清明海蛎祭祖、竹江海蛎宴等地域传统民俗文化和饮食文化。晌午时分，在竹江村农家乐，我们品尝着海蛎煎、海蛎枣、海蛎豆腐汤、红糟海蛎和油炸海蛎，让味蕾滋长着记忆，让美食占据着生活，真的有一种特别的甜香。

"妈祖走水"，正可谓让人脑洞大开。为求海产丰盈，人畜平安，每年农历三月二十五日、二十六日，竹江村前澳、后湾两境的村民分别举办"妈祖走水"活动。那种场面简直撼动心灵——待潮水半涨时，16名壮汉抬着端坐妈祖神像的神舆沿街巡行。前面导以神锣、令旗、龙伞、高灯、衔牌、香亭，伴以鼓乐队、神铳手；后随信众香客、围观民众，可谓人头攒动，摩肩接踵。行至竹江西门境沙嘴头（洋尾头）时，只听三声铳响，16名壮汉甩开众人，口喊号子，抬着神舆疾走如飞，向海边浅水处奔去，溅起层层浪花，煞是壮观。海上的人跑得起劲，岸上的群众喊得也卖力。轿手们在海水中大约跑100多米便停下来，将神舆抬高又放下，反复蘸水12次（旧俗为36次），谓之"安澜"，意寓波澜汹涌，借神力以安之。12次，预兆一年月月风平浪静。平安沾水仪式结束后，大家又抬着轿子原路返回。紧接着便轮到第二队出发，如此循环往复，祈祷平安，祝福丰收。"妈祖走水"民俗活动，在竹江当地传承已有600年历史，真是"一年繁华景，尽在三月天"。

竹江岛上现存古迹还有天后宫、锣鼓井、颂德碑等等。我们来到锣鼓井，亲耳听见了锣井、鼓井发出的悦耳声响，也听到了村民们细说着的锣鼓井的悠悠往事。传说竹江岛一郑姓人家的屋旁，两口并排的水井很是神奇，明清时所掘，"天方地圆"设计，井深达 13 米。这两口井每逢雨水天气，便会发出"哐""咚""哐""咚"锣、鼓的声响，并能清晰地听到回声。"锣鼓井"就这样被叫开了，一直延续至今。当古村落、古文化、精品民俗、最佳摄影地成为热搜词汇时，竹江村也不甘寂寞，跻身"生态休闲岛屿特色村庄"行列，并获"短线节庆类中国自驾游路线第一名"。石桥晚归、虎头远眺、大门帆影、榕坪消暑、秋江蟹舍、沉尾橹声、蛎市估船、渔村神会、夏夜渔灯、崎壑饮泉等"竹江十景"也热忱等待着你、我、他共同打造，共同描绘。

返程途中，走在汐路桥上，初秋的太阳透过云层洒下万道金光，辛勤劳作的渔民们从我们身边擦肩而过，发出了"今年又是好年景"的深情感慨，眉宇间充满着自豪，书写着"中国海带之乡""中国传统古村落""中国旅游扶贫重点村"的幸福和自信。

在茗洋品读颜色

◎ 钟而赞

曾来过一趟茗洋，很匆忙，记不起缘由、所见所闻，印象里只有一座红茗洋革命纪念馆。这是第二次来，时值盛夏，满目明绿，生机蓬勃。

红，是茗洋的底色。地名之前直接冠以"红"字，是人们对于它在革命战争年代的红色堡垒形象和所付出的巨大牺牲的确认和纪念。

如果早两三个月来，我将看到茗洋的另一种色彩：栀子花开时节，满山野的青绿中堆叠着一团团一簇簇的雪白。

茗洋，是一片色彩丰富的土地。

从"红色之路"到"致富之路"

公路千回百转。汽车随公路盘绕而上，山仿佛一重套一重，一重重不断往深处延伸。其实并不远，十来分钟的车程而已，但在山里行车，常常会产生这样的错觉，走的时间不长，却仿佛已地老天荒一般。

那种五六米宽的乡村水泥公路，勉强可容两辆车对开，路面整洁。路上时有车辆往来。村主任朱春弟说，茗洋全村七百户，有四五百辆小车，过年过节和农忙时节，住在集镇和市区的村民两头赶，拥堵免不了，所以道路拓宽就成了头等大事。

很自然就想起八十多年前的茗洋，想起革命先辈郑丹甫等人当时在茗洋一带翻山越岭的情景。所谓路，就是曲里拐弯的山岭，郑丹甫和警卫员一前一后，弯腰往上爬，到了一个山头或谷口，停下来，呼一口气。不知歇了几口气，终于看到牛栏岗，一处隐蔽的小山坳，坳里蹲着一间破茅屋。

牛栏岗是茗洋的一个地名，1935年11月中共鼎（福建福鼎）泰（浙江泰顺）区委就在这里成立，郑丹甫是首任区委书记。革命战争年代，茗洋村超半数村民自发参与革命，为革命付出巨大的牺牲。新中国成立后确认烈士和革命"五老"，茗洋有烈士十五人，革命"五老"111人。

"茗洋人连骨头都是红的！"敌人说得咬牙切齿。"红茗洋"由此传开来，在敌人的语意里，它是"顽固"的代名词，在党和人民的词典中，它寓意忠诚、不屈、牺牲、旗帜。

又说到路。"十几年前修建了这条公路，全村欢天喜地。有了公路，茗洋到集镇、市区更近了，这些年黄栀子、茶叶、槟榔芋大面积发展，和交通的改善大有关系。"还有村溪的整治、美化，建设红茗洋纪念馆和造福工程新村……"国家每次出台好政策，村里就一定有大变化。尤其是十八大以来，借美丽乡村建设和全镇产业布局调整的东风，村容村貌变化更大更快。"朱春弟说。

沿着另一段盘山公路，再走一段慢道，我们来到山顶上的观景平台。那儿是全村的制高点，数千亩的栀子园、茶园、槟榔芋园随山峦此起彼伏，很是壮观。朱春弟兴奋地说：

"你想象一下，每年栀子花开季节，站在观景平台上，看到的是一幅怎样的美景。"

"四个一千"的绿色希望

农历六月，栀子树上挂满了青绿的果实，掩藏在浓绿的枝叶间，似乎还有些羞怯，不肯把未成熟的秘密示之以人。俯下身子，手指轻轻撩开遮挡的枝叶，贴近它，亲近它，我仿佛听见了它们的心语：对成熟的渴望和对丰收的满满希望。

如果说红是茗洋的底，那么绿就是茗洋的面。盛夏时节的茗洋，满山野都是浓烈的绿，明亮的绿，充满希望的绿。朱春弟告诉我，茗洋村有"四个一千"：千亩槟榔芋、千亩有机茶、千亩黄栀子、千亩经济林。"四个一千"就是茗洋的四大产业，茗洋全村乡亲幸福生活的希望所在。

茗洋最大的资源就是山。

山是资源吗？如果是，那个叫愚公的老人为什么一定要把山搬走？因为山阻绝了交通和信息，限制了他们与外界的交流交往。这是贫穷的一条主根。所以，直到2006年，茗洋村还很穷，被列入宁德市、福鼎市两级扶贫开发整村推进重点村。

如果不是，茗洋的希望又在哪里？而且，既然能让祖祖辈辈在这片土地上坚持下来，它就一定拥有母亲一般的情怀和乳汁。

数十年前的一段红色历史见证，茗洋人有挑战命运、更新自我的传统。他们不甘于贫穷落后，他们不相信贫穷落后是茗洋的胎记。

挂点帮扶茗洋村的是福建省、宁德市、福鼎市扶贫开发协会。一次次走访、考察、探讨、商议，他们与村两委、与村民们达成共识：发展生产是第一要务，思路是"扩基地、推科技，创品牌、促营销"。思路引领下，茗洋村建成了"四个一千"特色优质农业产业生产基地。

基地的组织形式是八个农村专业合作社，合作社把种植大户和其他乡亲组合成生产共同体和利益共同体，解决了个体单干解决不了的一系列问题。比如科技培训、市场营销、品牌建设等。

"老两口一年攒个三五万没问题。茶园两三亩，这几年福鼎白茶这个行情，一亩少说也可以挣8000元，黄栀子每家5亩，行情好的年份，动不动就是七八万甚至十来万，行情不好，就算挣个采工钱，采期长，一年72天，两夫妻一天采400斤，每年8毛，也有两三万。别的先不算，光这两项，就能挣个四五万。"

在村便民服务中心，朱春弟和村支部书记陈秀桃与我们聊着村里的人和事。恰好来了一位村民，刚从地里回来，一身劳动装束，满头大汗，他叫翁日奎，六十多岁，家住里岙自然村，儿子住在镇上，老两口在家务农。一聊起来，几亩茶园、栀子地，一年收入多少，果然如村干部所说。

茗洋村去年全村农民人均收入是16580元，是2006年的七倍。

"人均收入'破万'是在2013年，十八大胜利召开的第二年。栀子、茶、槟榔芋几大产业进入稳定发展阶段，之后的几年，收入不断上涨。"朱春弟说。

多彩共绘茗洋的美好明天

贯岭一年什么时候最美？我想，所有人想到的第一个答案是：每年五六月。

五六月间，大地绿意丰沛，就像一匹巨大的绿绸，随着起伏的山峦波澜般铺展开来、抖动起来，一团团一簇簇洁白如雪的栀子花点缀其中，空气中飘荡着栀子花特有的清香，置身其中谁不陶醉？

难怪每年都有那么多诗人、摄影爱好者、郊游爱好者要赶在这个时节去贯岭。难怪贯岭镇一年一度的栀子花节人气那般高。

这是一种兼具经济效益和审美效益的植物，它四季常绿，花香沁人，一直都是重要的庭院观赏植物；它的花、果、叶、根均可药用，花果可以提炼栀子油、可以成为化妆品的有机成分，花与茶合作，成为香色味独特的栀子茶，用原美国哥伦比亚大学美籍华人王志远教授的话说，它"浑身是宝"。

形态美，气质也美，外表美，内在也美，这样的天赐之物，让福鼎人爱得贴心贴肺。2018 年，福鼎市海选"市花市树"，栀子花一举夺下"市花"的桂冠。

茗洋理所当然是这幅美景中的一部分。贯岭是福鼎黄栀子的主产区和产品集散地，茗洋是主产区中的主产区，黄栀子种植面积 6000 亩，占到全镇的四分之一。

老区、畲村，"四个一千"特色农业生产基地，栀子花海，这些都是可贵的旅游资源。近几年，茗洋村每年接待的游客有两三万人。

镇、村已有了更落地的行动。离村部两三百米的肖温是造福工程安置房，两排新式楼房夹着一条宽坦的大街。街两边的房子都是锃亮的铝合金立面，有几家亮出了招牌："栀花民宿""洪氏包子"……

茗洋的颜色不仅仅有红、绿、白，当金秋时节黄栀子成熟时，枝头上挂满的一颗颗红色果实与绿叶交相辉映，槟榔芋出土时那一颗颗褐色的大炮弹被搬上"芋王节"的舞台……

我恍然悟到村干部话中未说明的部分：栀子花开香飘远，乡亲们从游客的络绎不绝中看到发展乡村旅游的价值，看到可以借栀子花的白，绘上更多丰富的颜色。

我确实看到了这一幅画，一幅壁画，画面上是红旗、绿色的茶园、槟榔芋、栀子花、明丽的畲族歌舞，以及景物中的人：游击队员在战斗、茶园芋园山地上农民们在辛苦劳作。朱春弟告诉我，这是 2016 年 7 月，来自中国美术学院绘画艺术学院的师生们在茗洋村开展暑期社会实践活动中留下的画作。

这一幅画描绘的，是茗洋乡亲们对前景的展望，也是中国美院师生、还有我们对茗洋村的美好祝福。

回家的路有多远

◎ 唐 戈

头顶草帽，肩背牛仔包，脚穿运动鞋，一副行者的打扮。然而，我不是行者，我是一个满怀期待的旅客。

站在尘土飞扬的公路边，不时把眼光飘向公路左端的尽头，有拖拉机、货车、客车等，稀稀拉拉的，在路的两端出现，它们趾高气扬，裹起尘雾从我们面前轰隆隆辗过，又扬长而去，消失在路的另一端——"过尽千帆皆不是，斜晖脉脉水悠悠"，等车时心情焦躁，不亚于月下等恋人赴约，门口待老婆出门。

终于，一辆客车喘息着拖着一团烟尘驶来，像驾妖雾而来的黄袍老怪，竖在车窗内的牌子渐渐清晰，上面的两字正是我盼望多时的"黛溪"。我激动不已，跳跃、挥手、喊叫，企盼车停下。车窗内密集的人头给了我不祥的预感，果然，车并没有为我手舞足蹈的激动而感动，毫不迟疑地、大摇大摆地从眼前晃过，在我的大呼小叫中绝尘而去，回应给我的，是一团掺杂着尾汽的沙尘。

30年前的周六和周日，我几乎都在等车、乘车和徒步中度过，仅仅为了那28公里路的云和月。

那时，我在宁德中等师范学校毕业，分配在一个山村小学任教，小学校不算远，28公里，一程却要耗上一天时间。每周日携米带菜，

168

从老家乘车 16 公里到学校所在的乡政府所在地，再徒步 12 公里到我所任教的小学。大约上午 10 点就需在路边候车，运气好的时候，能赶上第一班车，在落日余晖的裹拥中走进学校，完成这一次的辛苦奔波。不过，运气不好的情况时常发生，有时要背着行囊在公路边吃上几个小时的汽车扬尘，傍晚时分挤上末班车，摸着黑赶山路去学校。周六返乡更惨，那时一周上五天半课，周六上午上完课步行到镇里，只能赶上当天的最后一班过路车，若乘客已满，就只能让似箭的归心动员我早已疲惫的双腿，继续在 16 公里的山间公路上做单调的"一二一"迈步甩手运动。

尽管是农民的孩子，尽管从读小学起，节假日都在上山砍柴、下田种地，娇贵之类的字眼跟我全不沾边，但一次次这样的长时间候车、长途跋涉，让我极其疲倦、彷徨——漫漫前路，何处、何时是尽头？邻居的堂叔说，这还只是开始，他教了一辈子书，走了一辈子的山路，习惯了就好。看来，我是得好好练练脚力，好好调整心态，做好步堂叔后尘的准备。

白云苍狗，云卷云舒，始信世事难料，转眼沧海成桑田。20 世纪末，变革的洪流悄然润湿祖国大地每一寸土壤，催生春草嫩芽近看似无，远望已染绿原野，泥土里孕育着无数新的生命，一场春雨唤醒原上生机一片。时代的发展远比我想象得要乐观许多，我在那个乡村走了两年的山路，第三年，机耕路进了村。周末，运气好时，可以搭乘学生家长的手扶拖拉机进出村庄。乘坐拖拉机着实舒适呀，每次若都能坐上，夫复何求！当然，这样的机会不常有。我忍痛用了半年的工资，买了一架凤凰牌自行车，让车轮的滚动替代了我双脚为桨在山路上的划动。闲暇时，我还可以骑着它跑亲访友，天气晴好，就可以说走就走，一二十公里的路程，像曹操一样，说到就到。

那个时代的偏僻乡村，自行车比今天的名贵跑车还要稀罕。福兮祸所伏，我没意识到，我的"凤凰"偶尔怯怯的铃声，在那个村庄中是那样的招摇。自行车引发的一桩血案，改变了我人生的一段轨迹。

那是在我当乡村教师的第五个学年初，我骑着我的"凤凰"到隔壁的一个村庄小学串门，我的凤凰亮瞎了村里几个小混混的眼，他们一路尾随我到学校，强行要借我的自行车练习。我当然不舍——这可是我近半年的工资呀——现在半年的工资足可买一部低端小车了。当天，我返程路过村庄时，被七八个手持马刀的小青年围住。寒光闪闪，我扶着我心爱的自行车不肯放手，腾出左手下意识地抵挡向我袭来的刀光棍影，我的左手和一把马刀在空中接触了，嗜血的刀刃闻及血腥而血脉贲张，粗暴地撩开肌肤触及腕动脉，红色激情飞溅。幸亏一位好心的村民挺身而出将我救出重围，我弃车落荒而逃才保住了小命。祸兮福所伏，我因此离开了那个年年想调离，却总调不成的村庄。

机械代替了人力，车轮替代了双腿，机械化、信息化、智能化，时代的进步，用"飞跃"不足以形容，四十年步伐之大，超过了之前的两千年历史走过的距离。其时，根据此前的历史经验和我的人生阅历判断，我不敢再奢望此生能拥有比自行车更便捷的交通工具了。

当时，一直在偏远山村小学任教的我当然不知道，一个前所未有的、高速发展的时代已经来临，像冬季的竹林下，静悄悄的土壤里正在酝酿着一场空前热闹的暴动，一声春雷的召唤，一场春雨的前奏，一茬又一茬的春笋破土而出，等你回过神来，早已枝繁叶茂，隐天蔽日。

后来我任教的那个村庄就在我外公乡村附近，小时候跟母亲去外公家，总要走村前的那条茶盐古道，古道路面的石头被无数的脚掌、鞋底磨得如玉如脂，我喜欢将小脚丫贴在路面磨蹭，感受清凉滑润。如今，茶盐古道的残躯还静卧在树荫下，路面石缝倔强的芳草，枯了又荣，荣了又枯，而出现在它身边的公路，年纪轻轻，却已经涅槃新生好几回——黄土机耕路长成了沙石路；沙石路拓宽、改直；铺上沥青；沥青路还没走够，就硬化成了水泥路；当我踏踏实实走着宽敞平坦的水泥路时，"白改黑"工程让水泥路又成为柏油路——数次脱胎换骨的新生，在这短短的三十年间完成了。

镇镇有干线，村村通水泥路。每半个小时一班客运车，还有招手即停，或随叫随到的出租车、网约车，这样的方便仍无法抑制许多人拥有私家车的欲望，它已经不只是一种代步交通工具，而是一种潮流，更是一种说走就走的生活方式与态度，不管是在城市还是在乡村都很流行。

这种潮流又能持续多久呢？如今时代变化之快，不经意间就超出了想象，就像我的摩托车，虽然还是新的，却早已落伍了。朋友说骑摩托车最没面子——一般小家庭都开上了小车，有钱人则开始流行步行或者骑单车，既锻炼身体又环保，骑摩托车的只有快递小哥或打工仔。虽然是调侃，也有些偏激，却不无道理。记得买小车时，我纠结于车的价格、外观、功能和寿命等不能决断。业务员说，他敢保证我这辆开坏之前，就已经厌倦了它，或换新车，或更换新的交通方式了。

父母恋着农村，我少不得还得时常走回老家的路。好在回家的路，已不再让我望而生畏。只要想回家，说走就走，原先半天的行程缩短成半个小时的坦途。

交通的巨变，似乎要从一个方面印证爱因斯坦的狭义相对论："运动的尺会变短""具有巨大相对质量的物体会使其周围的时间、空间弯曲"。是的，曾经峥嵘崎岖的漫长路程和漫长枯燥的候车时间，都在这个能量巨大的新时代面前弯曲、折叠成一段轻松短暂的旅途。

泛舟寻香

◎ 莫　沽

一

水，润万物，乃生命之源，有水的地方就有生命。一座村庄，有了井，也就有了生机。一口老井，如同见证村庄历史的老者，泉涌气腾，生机勃勃，一旦干枯，即为躯壳。

故乡坐落在古田临水对面的山坡上，是一座典型的灯笼挂壁村。"篮子掉了不用捡！"是村民们对村庄陡峭地形的揶揄。尽管陡峭，却有水，一条山涧叮叮咚咚穿村而过，因巨大落差激起的水声格外有韵，孩子们常在涧里捞鱼虾，摸溪螺，打水战。石濑浅浅，无法成潭，自然无处游泳，令人遗憾。孩子们对邻村宽大的河流，电影中鱼跃于江河的孩子羡慕至极。

我在故乡度过了七年童年时光，留下许多美好记忆。一次，我在村里的嗑聊坪上听大人说山外有湖，大着呢！多大，是不是比邻村的龙潭还大？我好奇地问道，大人们只顾哈哈大笑，却忘了回答。一位稍长一些的孩子自豪地张开双臂比划着说："到上洋就能看得到这么大的湖！"一日，堂哥去上洋杀蚊，我偷偷地跟去了。在上洋北望，我看到了连片的水，清澈如镜，远接天际。我小小的心脏跳得怦怦响，无法想象哪儿来的那么多水！突然，远处传来一声低沉的汽笛声，接着一艘双层轮船出现在湖面上，这种轮船只在书本和电影里见过，在图画课上用纸张折过，我的心跳得更快了，但转瞬就平静了下来，因为我得琢磨着用什么样的言语向同伴们炫耀这次见闻。堂哥说这是县城湖滨开往小镇沂洋的客轮，说这个湖也有我们村的份，还说湖底沉睡着一座千年古城，文公朱子曾在城中讲学。

"船儿每天都有航行吗？"

"是的，每天都有两个班次。"

"为什么也有我们村的份？"

"因为我们村的水是流到湖里去的。"

"哦——"我虽然想象不出村里那一涧微弱的水，如何冲破重重大山的阻挠奔向浩浩江湖，却瞬间心生自豪。堂哥长我四岁，那年刚从初中辍学，回家种田；我读小学，首次远睹翠屏湖的风采，心潮澎湃。关于湖底沉睡的神秘古城及朱子的足迹，堂哥的解答自然无法满足我的好奇心。回家后，我缠住父亲让他带我去乘船。

二

湖水粼粼，水波荡漾。轮船劈波前行，湖底的世界随着父亲的记忆浮出水面。

"我在你这个年龄的时候，在湖底卖过田螺呢！"

"爸，亏您还是语文老师，应该是在湖边'摸'过田螺吧！"

"不，仅在二十多年前，湖底还存在着一座千年古城，我在你这个年龄的时候经常和小伙伴们一起拾田螺挑到城里去卖，等到钱攒够了，拿去交学费上学……"

"啊——"

我惊讶得合不拢嘴，不是因为父辈家庭如何贫困交不起学费，而是实在无法想象这柔弱的湖水是如何吞没一座千年古城的。

水，无足，却能行，疾如洪；水，至柔，能克刚，猛如兽。滴水穿石，非坚非利，靠的是一股持之以恒的韧劲。父亲谆谆，我却藐藐，因为一颗心早已在湖面上飞翔。我从小好动厌学，让父母操了不少心，家住县城湖滨姑婆的小儿子即我的小表兄结婚，父亲特意选择水路，带上我去喝喜酒，除了兑现带我去乘船的承诺外，原来还有他的良苦用心。

湖床是古田境内最大的盆地，东北双溪相向而流，滋润着这一块沃土。从考古发现的残瓷断末中，我触摸到了殷周时期先民繁衍生息的脉动。历史的车轮滚滚前行，至东汉时期，安睡在湖底的古城隶属于侯官地；唐开元二十九年（741年），置县，以谢能等先民开疆拓土"垦辟古昔田亩而居"，取县名曰"古田"，又以其地盛产青玉，而拥有"青田""玉田"等雅称。

溪如人，有生命，有灵性，也有火热的爱情。东溪与北溪静静地流淌，不知越过多少个滩，绕过多少个湾，冲破多少道大坎，终于相遇，双方一见如故，互诉衷肠，相拥相抱，开花结果，交融为一条宽阔平缓的剑溪，成为这一座千年古城的母亲河。宋邑令李堪唱道：

水过云津势渐平，
双溪汇作剑溪清。
渔舟来往无人见，
隔竹时闻欸乃声。

诗中双溪交汇段为剑溪，夹岸处危岩耸立，名曰溪山，又称岩坂，坂上翠竹青青，有亭式书院隐藏其间，即为草堂先生所建的欣木亭。"延平阁想张华剑，婺女楼观沈约诗。"宋邑令林肤临风登亭，眼观鳞沦波澜，顶沐朗月清辉，心潮荡漾之余，禁不住赋诗赞叹。吓，婺州双溪楼与延平双溪阁亦不过如此吧！这就不难想象，文公朱子择此作为避"禁伪学游寓之所"的玄远宅心了。

剑溪，这一块土地上的母亲河，与这一方人家有着难舍的缠绻，我家也是那沧海一粟中的小小一粟。

20世纪50年代末，因建造水库开发电力发展经济及战备需要，一条大大的拦河大坝从城东拔地而起。当时，父亲初中毕业，因家里随时都有可能断炊而面临辍学。常言道："车到山前必有路，船到桥头自然直！"恰逢古田县城举城搬迁，父亲利用暑假与周末时间，拉着板车参与大搬迁搬运工作，汗水和泪水延续了他的读书梦。

中华民国年间，外公被国民党抓壮丁关押到城内。傍晚时分，营地发生骚乱，外公等三十多位壮丁冲出城外，一齐跳进茫茫剑溪，守城门的哨兵因仅象征性地连放数枪却没伤及一人，而被枪毙。外公连续跑了七天七夜，一路饮露餐风，至兴田村落足。村前溪流宽阔，外公临溪筑屋，常常独坐溪边，看水、抽烟、发愣。此刻，绝没有亲友打搅他，因为大家透过他吐出的一圈圈烟圈中即可闻得他唠叨的故事，都知道他在追思那一位乳臭未干的哨兵。

早在八百年前，在这一块充满"仁义礼智信"的土地上，还有一位受朝廷派遣追杀朱子至古田"欲甘心焉"的武士，宁愿放弃荣华富贵，甚至宝贵生命，"不肯杀道学以媚权奸"，剑锋一转，往自己的脖子轻轻一抹，血溅古城，义感动天。邑人立庙祭祀，曰太保庙，逢年过节供上一炷香，献上一份敬意。

在那芸芸香客中，也有我那斗大的字不识一筐的姑婆的纤弱身影。

三

泱泱湖水，清清如镜。时而微波涟漪，可捕风之踪迹；时而有潆萋萋，如迷雾隐藏无穷奥妙。

"水者，何也？物之本原也！"两千多年前，管子在水边凝思，悟出万物皆结缘于水的大道。人既为万物之一与水又如何结缘呢？人进水退，人退水进，相生相克，"天下万物生于有，有生于无"，老子日日徘徊于水边，有了"无"是"道"的本质与核心的顿悟。孔子带着弟子面水深情凝望，他望见了什么？"智者乐水，仁者乐山。"先生点出的深奥道理让弟子们目瞪口呆。

八百年前，人未退，水未进，湖底的古城熙熙攘攘，剑溪如带绕城而过。庆元党禁风紧，古城向身背"伪学"罪名的文公朱子敞开胸怀。剑溪引月，群星倒影，亦有乌云飘忽其中，恰似林用中、林允中、余隅、林夔孙、蒋康国等十八门人不顾生命安危对朱子的迎接追随。欣木亭，这所由草堂先生林用中创建的书院，是朱子一颗创伤心灵受慰藉的花苑，更是与众弟子授徒论道的交集处。面水格物，穷水致知，"问渠那得清如许？为有源头活水来。"翠竹领首，冷月含笑，朱子用自问自答的方式道出了水之清澈源于源头活水，人之清廉源于心之澄明的人生哲理。"晦翁朱夫子避地至止，始拓其宇。"明邑人周于仁在《溪山书院记》中记下欣木亭因文公朱子的到来而繁荣的浓重一笔。欣木亭，紫阳讲席，名贤继起，真无愧于文公朱子"溪山第一"的题词！

文公朱子如炬的目光揉入清冷的月光，掠过苍茫剑溪，掠过榛莽群山，在大东杉洋蓝田书院中的一汪慈水中落定，泉池虽小，亦如剑溪引月，群星拱照。夜深人静，皓月当空，朱子借月探泉，提壶汲水，生炉煮茶，淡雅的茶香渐次弥漫开来。一蔬一饭，嘉遁养浩；一月一茶，韬韫儒墨。"雪堂养浩凝清气，月窟观空静我神。"朱子心若冰清、平静如水。寒舍虽陋，小小的火炉边却常常宾朋满座，或吃茶赏月，或吟诗论道，那十八门人定然是寻香而来的吧！书院中的"十八门人录"似乎是对这一幅"吃茶论道图"的定格。

《易经》曰："易有太极，是生两仪。"溪山书院与蓝田书院因朱子而群贤荟萃蒸蒸蔚起，犹如太极生两仪。两仪之泽，奠定这一块土地上的理学之基，侯官、闽清、罗源等周边地区多有学子慕名前来求学，大小书院如笋破土，其中以魁龙、螺峰、浣溪等九个书院为著，故民间流传有"朱子一日教九斋"之说，是为"两仪生四象，四象生八卦"生生不息也！

"养生谷为宝，济世书流香。"这幅由朱子手书的拓本梧桐板联，悬挂在众多老屋厅堂上，被主人家奉为圭臬。"草榻夜移听雨坐，纸窗晴启看云眠。"驻足那一扇扇斑驳的缠枝连窗棂前，可依稀听闻瘦弱书生的读书声。朱子三次幸临这一块土地，可谓"实繁俊彦"，仅南宋期间，这一块土地上就走出文武状元各一人，进士九十人。剑溪流水滔滔汩汩，教泽延绵人才辈出，元明翰林侍读学士张以宁，清初国子监祭酒、天下师表余正健，清代福建陆路提督、戍台名将甘国宝等不胜枚举。

"人有耻，则能有所不为。"读书出仕毕竟仅为少数，朱子过化"邑人从游"，古城妇孺老幼皆知羞耻，胸中有志，明白事之可为与不可为，开启一方新的文明气象，这才是古城人家最宝贵的精神食粮，最大的受益。"读圣贤书行仁义事，立修齐志存忠孝心。"朱子这一副对联，或以八字或以四字等多种联句悬挂在古城的豪宅寒舍之中，主人家虽贫富有别，但读书修身，行善齐家，治国平天下的持家理念却相一致。

汽笛低沉，浪花飞扬，那一朵朵飞溅的浪花在父亲娓娓地叙述声中，不断拍打我幼小的心灵。我走出船舱，凝眸欲歌，竟然忘了喝喜酒的喜悦，感觉自己瞬间长大。

四

船儿航行在翠屏湖上，两岸群山倒影，鸥鹭纷飞，古树翠竹映绿了湖水，一把把花瓣从船舱内撒出，一些展开身姿悠游于水面，一些随着螺旋桨激起的水浪潜入船底，随即又从两侧或船尾的浪花中探出头来。多彩的花瓣点缀了蔚蓝色的湖水，伴随着流水载歌载舞，为船上远行的灵魂送行。

第二次泛舟翠屏湖上，我从一个懵懂孩童走过不惑之年，姑婆则走完了她生命历程的八十多个春秋。我静静地坐在殡仪船上，抚摸着她安睡的棺木为她送行。

船儿驶向姑婆自己挑选的墓地发竹弯，弯里躺着"从文公游最久"的一代理学大儒林用中。中，字择之，又字敬仲；号东屏，又号草堂，人称草堂先生。宋乾道八年（1172年），县令林宰获悉朱子的高足、畏友草堂先生的家乡就在岸北的西山村，受聘于尤溪县学，随即修书一封向他抛出了橄榄枝。不久，先生返乡主城北的双溪亭和他家乡的西山书院，县学大兴，文公朱子去信赞曰："闻县庠始教，闾里乡风之盛，足以为慰。"传道授业解惑之余，烹茶煮酒、对月吟诗亦不可少，为此先生还兴建临水骑岩的欣木亭，文人墨客聚集酬唱。

芽吐金英风味长，
我于僧舍得先尝。
饮时各尽卢仝量，
去腻除繁有远香。

茶香清远，佳茗净心。草堂先生好茶，在僧舍得到稀有名贵新茶的馈赠，欣喜先品之余，留下饱含哲理的茶诗。先生去的是什么腻？芟的是什么繁？实在耐人寻味。

祝融高处怯寒风，
浩荡飘零震我胸。
今日与君同饮罢，
愿狂酩酊下遥峰。

登高望远，峰孤风寒。世事多舛，草堂先生在祝融峰上"与君同饮"，借酒抒怀，酣畅淋漓，不醉不归。

上封台观静，
夕霁景偏清。
月下闻禅语，
风中有磬声。

风传磬乐，月下听禅。上封台观隔世孑立，草堂先生钦羡诸老清心寡欲与世无争，赠诗之余，亦得禅语。

吃茶净心，饮酒抒怀，赏月听禅，此外草堂先生亦好竹之高洁淡雅，虚心有节。"洞里竹枝遭雪压，何人扶起向明时。"山静景奇，银装素裹，恰是赋诗弄雅时，奈何朝野昏暗，小人当道，君子受害，从这首《后洞雪压竹枝横道》诗中，亦可窥见先生当年奔赴考亭面倾鄙恳、师从儒学集大成者文公朱子的心志，即"吾当求所谓明德新民止至善者以毕吾志"也！学成而归，教化开智，草堂先生对家乡古田的贡献可谓大矣！但真正备受家乡人民敬重的是，他冒着生命危险将文公朱子接到古田办学，促成"先贤过化"，开启一代文风。

草堂先生著作极多，关于家乡古田的自然也不少，奈何多已遗失，《四库存书·提要》曰："用中为紫阳高弟，著作多就湮没。唯此本尚可考见其遗诗，录而存之，庶不致无传于后云。"但从上述录于《南岳倡酬集》的诗歌中，亦可读出先生授徒兴学做学问之余，寄于茶酒月竹的雅兴。

水，为酒之血，茶之体也；竹，疏可筛月，为诗之友。发竹弯，依山面水，鹤影欲飞，发竹青翠，摇曳漏月。生，与竹为友；死，发竹为伴。乌飞兔走，草堂先生一睡八百年，时时听涛，日日"有竹"，夫复何求？

姑婆一生未进过学堂，常以之为憾事，但受这一块土地的浸染，"见老者，敬之；见幼者，爱之。"一言，一谈，一举，一止，皆崇儒行。她选择在发竹弯安眠，是在了却这一桩未了的心愿吧！

五

弦乐凄切，哀歌委婉。

从小表兄结婚到姑妈离世，时隔半个多甲子。期间，我有且到过姑妈家两次，锣鼓逄逄，鞭炮声声，这一红一白两场喜事，仅在杯饮之间，仿佛是两场灶火传承的交接仪式。噫！人生，只是一个过程，只是浩瀚历史的一个片断，而朱子过化却成为永恒。

《江志》云："朱子所经处，其地皆生香草，可以避暑。"前后两次泛舟，我并未寻得什么香草，但每每独处回眸，特别是在静静的月光下，倒觉得嚼之有味。

发竹弯是鸟儿的天堂，小表兄婚后第三日即带我前往罟戈捕鸟，还满载而归呢！湖畔人家以能安葬在发竹弯而自豪，从这一点来看，姑妈是幸福的，因为弯上有她家的山地。

姑婆虽然目不识丁，但我却固执地认为，她这一躺就与草堂先生为邻，就走进了唐诗宋词，结识了"岁寒三友"。

湖天长阔

◎ 徐锦斌

　　时间过得好快，宁德建市二十周年了。很巧，就在这一年，我将移居南湖滨，靠近东湖。拉远与南漈山的距离固然有所不舍，但我临湖向海的安居岁月就要开启。

　　建市二十周年，若要说城市面貌的改变，我的视点更多地落在东侨。现在，我以"湖天长阔"为题，把我近十年间所写的三篇小文串起来，重捡这些个人记录，实有安居之祝福和向往。

一

　　2008年我因休养，在南漈山过了一段山居的日子，忽然有一天，应邀参加"海湾新城，宜居东侨"采风活动。那时候，对东侨陌生到初识，我写下了《大海，请铭记那岸上的名字》。

旭日东升

　　东海之滨，红日喷薄而出，光芒照耀。

　　东侨就沐浴着这朗朗曦晖，开始了新的一天。

　　从老城区进入东侨，你很容易意识到，东侨的历史实在太短，不过十年多一点的时间。追溯它遥远的前身，同样的一方水土，曾经在怎样的沉睡中荒芜了上千年的岁月,尽管经过了 20 世纪五六十年代的围垦,滩涂还是那样的落寞,漫长海岸的黄金色泽黯然掩藏!

时代一度遗忘了闽东的海洋,而海洋遗忘了这座城市。

1997年,对东侨而言是个金色的年份,以此为分界,从这一年起,东侨行进的每一步,都在创造历史,书写历史。

这是面向大海,铸造新城的历史。

如今,新城铸造,格局已成,临海亲湖的身姿渐次凸显。

东侨的斑斓色彩,正与旭日初升的光芒辉映交融。

规划馆中,呈现在你眼前的沙盘模型,图景迷人。东侨正向着更大的范围敞开。这里广阔的空间,预留给你更多的期待。

这时候,驻足在宁德汽车南站。不久之后,第一辆班车将从这里出站,第一声迎送旅客的喇叭就会鸣响。此刻,你看到,候车大厅成排的靠背椅还裹着塑膜包装,正静静地等待被揭去的一刻。

东侨,将接连诞生新的历史性纪录。

面对这个从海平面上升起的新城,面对这个山、海、川、岛、湖、港多元素聚合的新城,你的想象会抵达何方?

而大海已从记忆的深处苏醒,牢牢铭记了那岸上金黄色的名字——环三都澳西畔的诗意之城——

东侨!

海岸诗行

从 1998 年十大项目破土动工至今,十多年的时间,东侨的建筑层出不穷,未有止境。

在这片土地上,脚手架越爬越高,挖掘机永不停息,升降机繁忙不已。这里的楼房与花草树木一同生长。而许多大楼的根部,还带着泥土和沙石,施工正在进行之中。

走过一个个小区,出现在你视野的,是高楼广厦,茂林修竹,小桥流水人家。沿途，鲜花在骄阳中盛开，游鱼向你传递着快乐。你不妨用东侨来比照勒·柯布西耶关于新建筑的描述："这些塔楼之间的距离很大……它们留下大片空地，把充满噪音和高速交通的干道推向远方。塔楼跟前展开了花园；满城都是绿色。塔楼沿宽阔的林荫道排列。这才真正称得上我们时代的建筑。"

此间真正的诗人，不是杜甫那样的苦吟者，而是工程师和建筑工人。遍地矗立的高楼大厦，仿佛诗行排列。那建筑意象，让人目不暇接。圆柱体的艺术馆，线条流畅的会展中心，别墅风情的三都澳宾馆，以及成批量生产的各种型号的住宅，都各有各的体块、立面和色彩，透着时尚、现代的气息。金域兰湾，海滨壹号，东城国际……不同的房地产公司，互相竞秀，奉献给你各个不同的楼盘。

可以说，是崭新的建筑，造就了崭新的东侨。

那些新命名的道路，你还来不及熟悉。你在海湾新城的穿行，可能暂时失去判断。那么，就请你站在另一侧海岸，远眺东侨：

那建筑，那城，背靠青山，面朝湖海，是多么优美的诗行，多么华丽的诗篇！

江南画卷

四围青山，一湾好水，满城绿树，楼厦如林，湖光山色映带着碧海蓝天，金马海堤、二十四孔桥内外帆影点点，天然良港巨轮扬波……

这就是海湾新城，这就是东侨。

当你穿过那些绿树浓茵，当你踏遍它水陆交错的版图，当你从每一条通衢大道抵达它的纵深，当你的步伐向更新的地域迈进，你会发现，海湾新城，也是园林之城。

驱车行驶，窗外是江南的画卷，是 21 世纪的底色，是东侨原创的山水城郭。花开草绿，蝶舞虫鸣。那一排排朝气蓬勃的树木，迎接着最热烈的夏天。此时，你站在五天后就要投入使用的行政服务大厅，一阵阵自然的风，带着海的密语，告诉你心旷神怡的韵味。

你行走在华侨新村，据称这里的住房是全国最好的侨居房。你看到，那些街坊邻里相聚在宽阔的公共活动场所，悠闲地聊天。老人执扇纳凉，孩童争抢着滑板车追逐嬉戏……这的确是安居之所。如果你熟悉这片土地的过往，荒滩，围垦，难侨，这样的词汇就会闪现在你的脑海中，对比东湖塘的旧影，你会更加惊诧沧海桑田的巨变，眼前的一切，竟如此陌生。

先锋广场，南、北岸景观公园，塔山、龟山、大门山公园，这些属于每个市民的公共空间，彼此呼应，蔚为大观。看看那迎着晨曦打太极的人，那跑步健身的人，那披着夜色漫步的人，那倚栏观海的人，那观景台上远眺的人，那桥上垂钓的人……海湾城市安然优雅、诗意栖居的日常图景，如此交叠展现。

你置身东侨的临湖左海的地带，放眼畅望，海天空阔。

你目睹成群飞翔的白鹭，那掠天的密集的羽翅，飞舞于城市之上。不，那不只是白鹭的飞翔，那是城市之梦的飞翔。这天然的大手笔，惊现的是江南画卷中失传已久的翔鹭图，是福祉之地祥和、诗意的升华！

永远的新城

你希望，在这片土地上写下的所有诗行，不是一时的绚烂，而是耐久持续的美学。

时间，将追加这座新城的价值。

一百年后，海湾新城老了，老得历久弥新，东侨也拥有了时间长度和历史厚度。那时候，将会有另外一些人站在海岸之上，眺望更远的大海，指点江山，回眸一顾。

二

转眼到了 2010 年，宁德建市十周年，我草就《日出的轮廓》。

十年前，迎接撤地设市之际，我承担了"宁德文明之光丛书"之一——《宁德景观》组稿后的编辑工作，并撰写《绪言》；十年后，我受特邀为宁德撤地设市十周年纪念邮册撰稿。这是我与宁德城市化进程中历史盛事的个人缘分。

宁德，山海壮观。清纯的山水画卷，铺展开的是"苍茫无际的大海和巍巍群山的峰巅"；古老的绝版人文，闪现着历史的深沉和乡土的厚度。我在《宁德景观》的《绪言》中，曾这样写道："打量辖内的一区二市六县，宁德重量级的景观，首先应该是拥有'国家级重点风景区'称号的太姥山、杨家溪和鸳鸯溪；其次是省级风景区支提山和九龙际瀑布群。"这是当时的情况。宁德撤地设市以来，亘古如斯的山水，风景不殊，而概念迥异——今年 10 月 3 日，联合国教科文组织宣布，以白水洋、太姥山和白云山三个园区为核心的宁德地质公园成功入选世界地质公园，这无疑把宁德的景观推向了崭新的标高和宽度。十年间，旅游业日渐兴盛，宁德如同刚刚被发现的新大陆，为外界瞩目，"中国青年最喜爱的旅游目的地""CCTV 评选的十大完美线路之一"……称誉冠绝天下。

站在新千年第一个十年的这个节点上，打量宁德，遑论它的百年沧桑，就仅仅这十年的移步换形，已足以让人惊叹！

2000 年，宁德撤地设市，那是新里程开启的一刻。2008 年 9 月，福建省人民政府批复同意《宁德环三都澳区域发展规划》，宁德真正迈步踏上了新兴城市的现代之旅。"海乃面向世界的康庄大道"。宁德之大海、海岸、滩涂、港口，莫非黄金，是宁德赖以崛起的天然资本。何况，宁德还有着特殊的地缘：全国海岸线的中点，距台湾基隆仅 126 海里。三都澳，这个沉睡已久、饱含期待的深水大港，历史性地、得天独厚地成为新兴城市发展的核心战略资源。

沈海高速公路和温福铁路，前呼后应，穿越过境，线条之刚劲，弧度之优美，一路呼啸着车窗外的山海风情，闪现着旅途中梦幻视觉的宁德。同时，还以现代的速度之美，让宁德奔向世界的远处，又把远处的世界拉近宁德。

当新的建筑在海岸边映照出耸立的倒影，当南、北岸公园如同自由飞翔的翅膀舒展开来，城市的空间格局为之一变，宁德真正找到了属于自己的地理感觉，城市的根系扎入了海滨和湖畔，把市民的居住、休闲与湖海日常地联系在了一起。临湖亲海的摇曳身姿，脉脉浮现，楚楚动人。

而这，只是这个新兴的港口城市峥嵘乍露的轮廓，一如跃动于海平面的那一轮初日。宁德正在上升，向前。意气风发，势不可挡。

此刻，站在这里，遥远地平线上，那负载着宁德的光荣与梦想的、更加灿烂辉煌的风景，已隐约可见。

卡尔维诺的《看不见的城市》中所描述的城市，永存于想象。而宁德是真实的，它是我们置身其间的城市。

窗外，冬阳大好。

三

此后，2014 年，我写了《魔幻叙事的版图》。

一

此刻，回眸。

十多年的时间，如同一秒。

就这一秒，沧海桑田，瞬间变幻——

东侨：一个陌生的名字。一座耀眼的新城。

二

然而，你却想在它的新里，找点旧东西；在旧东西里，目睹新亮点。

这里说的是？——"盈盛号"的金银器。金银器，似乎也有体温，有传承的脉络。手工打制慢工细活的质朴古拙，机械生产流水线作业的快捷精致，金银闪耀的百年老号，融汇了传统与现代的优雅、古典与时尚的风韵、本土与民族的异彩。

盈盛号民族银饰文化创意产业园，择东侨而栖，那"光影和凤凰起舞"造型的大楼，将在为时不远的期待中，拔地而起。

盈盛号，黄金白银的光芒，点缀东侨的奢华之色。

三

淡褪了橙黄橘红的东湖农场，隐没青纱摇曳的甘蔗地，变幻了任意铺展的滩涂，消逝了马尾松扶风的海堤……

高楼，连着广厦。

道路，宽阔地飞奔。

旧城区边一片土地，紧随湖海的逻辑，全新演绎。

海湾新城，猛然浮现。

东侨的篇章，是如此强悍的魔幻现实主义叙事。

四

每一天，都是新的开始。

东侨，绿树掩映的高楼，迎来朝阳，送走夕晖。

无数脚步，纷至沓来。

璀璨的灯光点亮了人家，欢乐的人气聚拢来了。社区，应运而生。

超市、商城、大酒店、车站、码头、学校、医院、会展中心、艺术馆……接连生长，新城的根须，遍地蔓延。

农耕时代的土地，终于脱胎换骨。

东侨，由陆向海，华丽变身。

那最初的滩涂和最后的滩涂，是否凝结无可回避的乡愁？

五

在东侨急促前进的步伐下不断扬起的烟尘里，来来去去。

那些的宽衢大道将把海湾新城引向何方？

十多年的时间，足够拉开细细打量它的距离。仔细地看吧，这座业已成型的城市。

"君""御""豪"等宏大语词和"纽约""曼哈顿"异域城邦的楼盘称号，古耶？洋耶？人耶？我耶？就建筑而言，它与任何一座其他城市如此雷同，是时代的戾气使之难免吗？

东侨之为东侨，在我看来，唯有它山海湖岸的独特，田园画卷，胜概天赋。东湖、兰溪山、蓝田……仿佛胎记，仿佛血脉。但愿能够，完美地，留住它们。

六

有谁在它的魔幻中陶醉？

有谁在它的梦想中缱绻？

有谁为它默默思量：一种被打破的固有的宁静，能否归于另一种新的宁静？

有谁感知它四季的气候？

有谁一次次看见东侨之鸟，那惊寒的雁阵和栖落的鸥鹭？红嘴鸥的那一点红，黑尾鸥的那一剪黑，白骨顶的那一抹白，又留在了谁的视线里？

有谁目睹它移步换形的风景？烟雨漫遮，半围青山，江南水墨的神韵；岸线曼妙，一弯湖水，倒映如诗如梦的幻美；来自大海的长风，带来了极具纵深感的夜晚，绚烂了湖光山色，晕染了迷离灯火；蒹葭苍苍的湖畔，飞花飘絮；夹竹桃，其华灼灼……

塔山之塔盘旋而上的高度和360度环绕的视野，你看够了东侨，还是看不够？

七

在十多年的时间里，有些东西已渐见时日，有些东西却新得无法命名。

东侨，魔幻的版图，仅仅是一座新的城市？

不。更高的意义上，东侨，是家园。

请把真正的爱，留给世代相传的山水，留给家园。

唯山水长在，家园永恒。

厦地写意

◎ 掬水月

　　如果不是一次文学摄影采风，我和这个叫厦地的村庄是不会产生交集的。紧赶慢赶的赴会，从宁德出发，驱车经屏南，在距屏南城关七八公里处，沿一条青石小路蜿蜒而下，厦地？下地？它藏匿得太深，迂回曲折中，不知不觉走向村庄。

　　厦地是安静的。

　　依山而建，松散恬淡，如桃园隐者，隐匿在这一片起伏的山林中。村子那么旧，几百年风雨浸染，寸寸都是沧桑旧颜；几十户人家，这样的稀薄，感觉不到聚集张力，但确实不需要张力，他们的存在，就是一曲时光舒缓的慢歌谣。大伙说话声一下子都小了下来，生怕外来的喧嚣打破了这里的安宁。来到一幢老屋前，轻轻推开房门，生怕木门的咿呀之声，惊扰了这里的宁静；下楼时脚步也是轻的，楼梯却受惊了似的吱呀不已。昔日的繁盛糅合在旧门楣上，透出的，是一股岁月的凝重，旧得那么丰富，那么雅致，一任寂寞把岁月过老。

　　我们来的时候，正是暮春，老屋前的柿子树，还只有枝丫，赤棱棱地伸向天空，村民介绍柿子成熟时情景，满树的红灯笼，衬着白墙青瓦，那跃上枝头的喜悦，吸引了一拨拨架着长枪短炮的摄影爱好者。

　　抚着那粗粝树干，这熟悉的触感宛若回到我少年时期老家的那棵老柿子树下，对于 20 世纪 80 年代初出生的农村孩子，大部分零食就是自家种的各种果子，那时，我的爸爸在镇上工作，我跟随妈妈住在老家，而我们家一棵果树都没有，我时常羡慕那些家里有果树的小伙伴。我的邻居，在他们家后院里，就种有两株大大的柿子树，柿子成熟期，若有台风或大雨时，就会吹落些许成熟或未熟的柿子，我和小伙伴就踮着脚偷偷地在树下寻找被风雨打落的柿子，若捡到是那些未熟的，一口咬下去，满嘴麻涩，喉咙都仿佛被锁住似的，但孩子们依然觉得快乐无比。

村庄是有姿态的，有性情的，每一个出生在乡村的人，都有属于自己的村庄，那是一个人最早生活的天地，度过生命最初的一段时光。随着社会的发展和新农村的建设推进，柿子已不再是稀罕物，更多的只是用来观赏作用，而那段捡柿子的时光，却永远烙印在心底，在此时此刻这个异乡安静的小村庄里，被轻轻翻起，那样亲切，那样美好。

厦地又是文艺的。

看见"咖啡屋"三个字时，我有些许讶异，这是由一个老宅子改成的咖啡屋，掩映在错落有致的村中，窗外悠悠青石巷，溪流潺潺，泡上一杯暖暖的咖啡，捧一本书，就着这暮春江南景色，让人想永远待在这里不想走。原来，这里不仅仅有咖啡屋，厦地艺园也让我们眼睛一亮，艺术批评家程美信在厦地村启动了电影公益培训基地、写生和摄影基地等项目，这个有七百年历史的古老村落，淳朴与典雅、自然与人文、现代与传统的糅合，别有风味。每个时代有每个时代的构造，城市化进程使乡村原野逐渐流逝，但至少还可以做点什么，让它流逝得缓慢一些或焕发新的生机，让村庄变成梦想的试验场和根据地，变成城市人的目的地和栖息地，从某种意义上说，这是否是这个村庄正在尝试和努力的方向？

厦地又是水墨的。

我与友人进入古巷的时候，接近晌午时分，暮春的阳光拍打在粉墙青瓦上，留下好看的光影，一溪清水穿桥而过，潺潺流动的溪水日日如新，她们以清澈涤荡岁月的烟尘，以欢悦的流淌带走沉沉的暮气，带来村外的消息，带来山外的气象，是让古村焕发生机和活力的血液。

　　那些擎着伞花走过画桥的人，几瓣落红荡荡悠悠，仿佛一阕清雅小令。桥对面那金黄的色块，正是油菜花开，厦地的油菜花不像婺源的浓烈描抹，那么直白，又浓墨重彩，这个古村的古朴秀雅，仿佛连油菜花都懂得起承转合，用赋比兴来衬托，与南墙相映，让这片弹丸之地抒写着水墨情怀，呈现出独自的节奏，她的风雅宛若孤本，让人有了迷离的感觉，这就是厦地吗？

　　村色的美好，总抵不过时间催人急。古巷深深，土墙青瓦。是啊，在最美的乡村，偕最好的同伴，天时、地利、人和，自然更加赏心悦目，村庄是一生中周而复始的相遇，除了安放身体，还得安置时空和心情。面对厦地，它的意趣不在于意象，而在具象，在一条水，一处墙，一棵树……这一刻，把自己寄养在陌生的他乡，恍若故知。

人间有味是清欢

◎ 缪 华

大凡喜欢古代诗词的人，应记得被我作为标题的这句词，她出自宋代文学大家苏轼的《浣溪沙·细雨斜风作晓寒》，全词如下："细雨斜风作晓寒，淡烟疏柳媚晴滩。入淮清洛渐漫漫。雪沫乳花浮午盏，蓼茸蒿笋试春盘。人间有味是清欢。"

苏轼的这首词写出了初春的清新与美妙：于细雨斜风、淡烟疏柳里，把盏品尝新出土的蓼茸、蒿笋，觉得无比惬意快活，留下"人间有味是清欢"的佳句，侧重寄寓作者清旷、闲雅的审美趣味和生活态度，给人以美的享受和无尽的遐思。

苏轼不但是个诗词书画超一流的名家，而且绝对是个超一流的吃货。在网上随便搜索一下，以苏轼命名的菜肴居然有好几十道，诸如东坡鱼、东坡豆腐、东坡玉糁、东坡肘子、东坡肉、东坡芽脍等，足以摆一桌东坡全席。他对笋也是情有独钟，除了这首《浣溪沙》中写了蒿笋，还有"煮芹烧笋饷春耕""好竹连山觉笋香""饱食不嫌溪笋瘦"等咏笋之佳句。

还是这个苏轼，在流传更广的《于潜僧绿筠轩》一诗中，把对竹的喜爱提升到了一个人生高度："宁可食无肉，不可居无竹。无肉令人瘦，无竹令人俗。"竹在古人眼里有君子之姿，其正直、虚怀、奋进、质朴等十德，为人之修养所效。

居有竹，食有笋，这般被文人雅士称赞颂道的好事，说远也远，说近也近，就看你生活在什么环境。若居住在竹乡，竹如邻居，笋似亲戚。许多人家的门口往往种着一丛竹或者一排竹。在民间，竹是最好的风水植物，挡灾化煞，故有"竹报平安"之说，又有"节节生财"之言。

山水呼应的黄田，是古田县西南部的一个重镇，它位于福建第一水系闽江的中游北岸。有山，近两万亩良田与二十四万亩林地孕育着多彩农业；有水，闽江十八公里的黄金水道穿境而过，九个村庄临江而居。凭借着这条水道，古田的商品流通更加便捷、更加迅速。据著名社会学家、民族学家、黄田人林耀华的社会学名著《金翼》描述，早在清末民国初，蒸汽汽船的引进就深刻影响了镇上人们的生活。总长三十六公里的古谷公路于 1935 年开通，对物资的运送起到关键作用。水陆交通带来的便利，让这一带快速发展。古田县还是宁德市最早通火车的县，当年的火车站就设在现今归属于黄田镇的莪洋村。在2009 年宁德通高铁前的近半个世纪，莪洋成为了闽东唯一通铁路的乡镇。1970 年，谷口公社驻地迁至莪洋；1984 年，改设莪洋镇。1990年 3 月，因建设水口水电站，莪洋镇址迁至黄田，更名为黄田镇。之所以说这些黄田的前世今生，是因为对今年恰逢而立之年的黄田镇来说，可以梳理出一条追根溯源的脉息。

我们是在庚子年仲夏来到黄田的。宁德市作家协会与古田县文联主办了一场文学采风活动，重头戏放在了黄田。在主办方的安排下，我们先后参观了双坑农民油画村、水上综合体、网箱养殖、金翼之家及马蹄笋生产加工企业。

黄田绿竹，田黄竹绿，成为越来越多人眼里一道怡情养性的风景。无论坐火车、坐汽车还是坐轮船，均可看见翠绿青葱的绿竹。它不仅生在山间，而且也生在水边。说到黄田绿竹，必定说到黄田绿笋，这笋还有一个更响亮也更通俗的名字，叫马蹄笋。它是绿竹的幼苗期，属禾本科慈竹属，为合轴型丛生竹，是南方优良的笋、材两用竹种，因其笋形似马蹄，故称马蹄笋。它性喜湿润，不耐严寒，对气温、降雨、光线、土壤等均有较高要求。比如：年平均气温在18-20℃之间，最低不低于-5℃；无霜期短或基本无霜方可越冬；降雨量要求在1400—2000毫米；种植土层深厚、土质疏松肥沃，富含腐殖质，酸碱度适宜，富含有机质和矿物质的砂质土壤或沙质土，在海拔400米以下方可种植，土壤以黄红土壤为好，同时要求种植地的水源充足。这么多苛刻的条件，让很多地方望而却步、知难而退。倒是以黄田镇双坑村为中心的方圆十公里范围的地域，满足了马蹄笋的各种生长条件，地处闽江沿岸海拔200米以下的坡地，水口水库人工湖形成的空气暖湿小气候（年平均温度20℃，几乎没有霜冻期；年降水量1417—1573毫米；年平均相对湿度73.5%；年日照1943小时），火山凝灰熔岩风化的黄红沙质土富含钾、铁、硫等矿物元素和无"三废"污染的地下水源，为绿竹的生长提供了天时地利的生长条件，以致黄田马蹄笋的味道和营养，成为"集日月山川之灵气，聚清风云雾之精华"的天然产物。

五代的欧阳炯有词《春光好·天初暖》："天初暖，日初长，好春光。万汇此时皆得意，竞芬芳。笋迸苔钱嫩绿，花偎雪坞浓香。谁把金丝裁剪却，挂斜阳？"在这么美好的春光里，笋是不会缺席的，而黄田马蹄笋同样成为春天的一道佳肴。其笋肉莹白，质地脆嫩，清甜爽口，以鲜食最佳，烹饪采用烧、烤、煮、炒、卤等皆可。黄田马蹄笋不但味道鲜美，而且营养丰富，经福建省食品质量监督检测中心检测，它富含人体必需的18种氨基酸和可溶性糖、蛋白质、多种维生素及磷、铁、钙等成分，其中谷氨酸等三种营养成分还有清凉解毒、防癌之功效，为A级纯绿色食品，是笋中的极品。

我们到来黄田时，仍是马蹄笋的收成季节。笋农告诉我们：马蹄笋收成的时段为每年五月到十一月，较其他笋类更长，填补了夏秋季鲜笋市场的供应空白，成为夏令时节不可多得之美味佳肴。我们走进一家马蹄笋加工企业，看到仓库里堆了一地有待加工的马蹄笋，个个有碗口大。笋农告诉我们，尽管今年受疫情影响，价钱也不如往年高，但有的人家一天仍可提供上千斤马蹄笋。这对笋农来说，是一笔可观的收入。

竹生笋，笋成竹。黄田栽培马蹄笋的历史悠久。据史籍记载，早在唐朝时期，就有先民对马蹄笋进行培植、驯化和小规模试种，经过物种的演变，马蹄笋成就了黄田的千年品牌。如今，黄田镇马蹄笋的种植面积近四万亩，其中省级马蹄笋种植农业标准化示范基地两千亩，年产量近六万吨，年产值一亿五千万元。全镇从事马蹄笋生产加工的企业、合作社共有八家，全镇四分之一的人口从事马蹄笋生产，"黄田马蹄笋"已经成为促进当地农户增收的支柱性产业。黄田镇政府已将"黄田马蹄笋"申报国家绿色食品认证，并于 2007 年申报发布了"黄田马蹄笋"的地方标准，为"黄田马蹄笋"生产规范化、标准化提供质量保障。2008 年 7 月，古田县"黄田马蹄笋"获批"中国地理标志证明商标"，成为黄田镇第一个具有"中国地理标志"的农产品。随着马蹄笋种植业的发展，黄田镇陆续建设投产了以"九龙江马蹄笋专业合作社""大拇指农业开发有限公司"为代表的二十七家马蹄笋深加工企业。镇政府通过组织生产能手传授经验，聘请国内外真空冷却、农副产品保鲜专家提供指导，使"黄田马蹄笋"栽培管理模式更加标准，基地生产更加巩固，产品加工更加精深，品牌效应更加凸显。

黄田镇大力推动马蹄笋产业的转型升级，推广"合作社+基地+农户"模式，引导农户规范种植，提升产品附加值。九龙江马蹄笋专业合作社正是乘着产业扶持春风而发展壮大的。以往黄田马蹄笋种植是"单打独斗"，笋农各自守着自家的一亩三分地，没有形成集聚效应。2010 年，合作社成立，统一收购、销售种植户的马蹄笋，鲜笋深加工厂房入驻横山工业集中区，每日可加工上万斤马蹄笋。同在横山工业集中区设厂的福建古甜食品科技股份有限公司，依托当地的马蹄笋资源，开发了一系列适应大众消费的笋菜品，如冬笋丁、笋丝、笋片、笋干、鸡汁脆笋等，马蹄笋的生产效益明显提高。品质提升了，销路广泛了，"黄田马蹄笋"助力百姓在产业链上增收致富。黄田镇的鲜笋与笋干进入了浙江、江苏、上海、新疆等地的大中城市的市场，远销港、澳、台地区，及东南亚的十几个国家和地区。

笋农取来几个马蹄笋，剥壳，去皮，切片，让大家品尝。我拿一片放嘴里咀嚼，清爽、脆嫩、甘甜，没有丝毫陌生的违和感，果然是人间有味是清欢。再掂量手中马蹄笋的分量，它历经千年，已经有了独特的文化密码。比如它的名称，笋农说了一个黄田人流传的传说，说是乾隆皇帝下江南，骑马路过黄田一岗岭，因饥疲过度，不慎从马背跌落。正在劳作的笋农立即挖笋给乾隆皇帝充饥。他从未吃过如此鲜美的食品，便问此为何物？笋农答曰："麓笋"。此时，乾隆的坐骑引颈长鸣，马蹄朝笋农方向踢来踢去，乾隆皇帝一看，此笋与马蹄极为相似，便赐名"马蹄笋"，一岗岭赐名"马蹄岭"，并指定此笋制成的干品为朝廷贡品。

午饭后，我们沿闽江流域去往金翼之家，连片的绿竹丛在车窗外摇曳。一路陪同我们的黄田镇党委书记李霞告诉我，有经验的笋农挖笋，从不挖冒尖的笋，挖的是将出未出的笋。这样出土的笋，清甜不走味，欢畅入心扉。看来这位年轻有为的李书记也记得苏轼的词句，也明了清欢的境界。

3 诗 歌

油菜花是一座村庄的精神（外一首）

◎ 王祥康

大地正在合唱

一层又一层往上攀登

春天的力量推动我

去触摸高音的部位

在柏洋村　一层层灿烂的花田

我看见勤劳的蜜蜂在劳作

它扎进一朵花的幸福

带着汗水　期望和先辈的泪

我看见泥土下的蚯蚓

柔弱与坚韧

让郁结的土地焕发养分

阳光在上

照耀每一个人　每一朵花

她们的汗水是一种精神

她们的笑脸是一种精神

油菜花　油菜花

一座村庄的宿命被谁唤醒
一座村庄的精神已经写在大地上
踩着这一方再生的热土
你会心怀祝福　再上一层
就是你我的命运
再上一层就是梦想的高度

家住溪边

这条溪是这座城市的标志
家住溪边
我用四十年的努力
到达风景的边缘

打开窗户　邀请阳光进来
作我常常串门的亲朋好友
爱人把笑伸出窗户
想让家的温馨
随过往的小船摇到远方
告诉年迈的父母
女儿在窗前踮起脚尖
看到白鹭低低地掠过水面
她放下手中的作业
独自沉思

我在爱着

这一座城市　这一溪春水
就像我心中的长江或黄河
像我体内奔流的血脉
这个家的气息　在祖国的怀里
慵懒地呼吸
自由　感性
像大地吐出那一芽
小小的绿

我有幸生活在这里（组诗）

◎ 叶玉琳

我有幸生活在这里

当我来时，路旁树木都已染上寂静的烟波
蔚蓝是一颗星对另一颗星的恒久信赖和追随
我有幸，和你一起生活在这里
穿过水中的芦苇，阵雨洗过的新桥
秋风把金黄色的月亮托到面前
往返的湖水里有巨大的秘密
像澎湃的心脏对你低语——
爱着就是信仰，活着就是幸运

我背靠着的这些小山，都在加紧填土
在南方的冰冻没入膝盖之前
人们要在这里种上玫瑰、香草、波斯菊
我一生从未接受过爱的礼物。现在
诗歌在赶路，爱融化成亲情

有些庄严的仪式，需要在百年之后
由它们替你完成
也许当朝霞升起，你和你的新朋友
在这里并肩漫步，欢畅不能自已
我有幸，在眺望你们的时候
一个人慢慢衰老
剩下这些明镜似的时光
在洁白的岸边，找到安歇的理由

我曾经把手枕在海水的凹槽里做梦
也曾用蓝色的贺卡悄悄给你写信
有时堤岸会从黑暗中传来回声
像上帝对于圣徒的赏赐
在潮汐起伏的家门前
我有割舍不尽的青春和故土
你有大海一样广阔的前程
我有幸，找来光和海鸟的羽翼
为你写下春天的乐园——

亲人，你有你完美的背影
我用这柔软而恢弘的诗句
伏在你耳边，完成一生的倾诉

拆船厂

这些船的胎架，外板

正被一些人拆卸，刮洗
它的杉木身子已经不结实了
再浇上一层煮过的桐油
更不易看到原来的表情

河道从清晨就开始退潮
山川风物让位给一条大船
愈来愈开阔的港湾
要装上崭新的钢板，钉子，马达
和无数复杂的工序
才能替海打磨出一张张厚重的面孔
潮湿的时间之上
钢铁是柔软的，焊花是团结的
晚风中来不及回家的人
他们是快乐的——
在海浪的轻轻拍打下
一度低垂的头颅和弯曲的肋骨
已经完全嵌入了飞动的船舷

落日下坠
故乡，我所见到的大船
此刻安然停靠在船坞
像一首技艺纯熟的诗
只有无垠的大海才配得上它的慈航
河神啊且请记住一个吉日——
它要远行，唤醒波涛和海上日出
以更大的波浪改写一代江河

畲乡歌会

所有的日子都汇聚到这个日子里
三月三，在畲乡上金贝村
南风吹得遍地樱花都按捺不住了
小叶榕也羞怯地和香樟树抱在一起
太阳初升，大海向西
同奇异的愿望会合
把恋爱般的歌潮推向天边

会唱歌的人，不用歌词
只要张开嘴唇　句句都是前世今生
没有繁复只有简单
生命中最精彩的比喻
就在这暖如春阳的土地上诞生
豆荚中间辛劳而甜蜜的光景
葡萄藤架下的劳动和爱
都被对面那个人一一唱出
仿佛通达了你的内心
也知道你会以无人通晓的美妙音韵
迎接他生活的全部

歌声渐渐填满了山色
可是并没有人停下来离开
火塘边的篝火
是一直要旺到来年的
也许这没有裂缝的山谷
才是你的花园你永久的家

这熊熊的篝火，原生态的青春
梦一样鼓翼着
除了今天，除了这里
我们到哪里去找寻

安宁

你的唇齿间刻有年老父母的名字，所以你安宁
你的皮肤中留下常年劳作的色泽，所以你安宁
你每天能看到一双儿女跑来跑去
阳光照在他们稚拙的脸上——
简单，干净，丝毫不左顾右盼
他们的母亲在热气腾腾的厨房里忙活
身子在粗布罩衫里一起一伏

你心中的大海就是面前这座畲山
它什么时候都翻腾着绿浪
你戴着自制的草帽，在山地里巡游
像一个真正的王
你的随从就是那些碧绿的大头菜和高高的笋竹
它们常年不长虫子，因此不用喷洒农药
你不担心下雨，也不担心刮风
偶尔的冰雹总让鸡鸭鹅们提前啄食
你每天看见它们早睡早起
在忙乱的时候也报之以感激的歌

提一盏自制的小马灯
流连于岁月田畦的终尾

你是安宁的——
薄雪开始在门前堆积
小叶榕却已在品尝舞动着的快乐
头上山岚散开，谦卑蛰伏谷底
趁着这晶体般透明之夜
你心中的种子已全部抛洒
它们和你一样默默无闻
却要在春天长出新的根茎

七星海

如果爱，请深爱
这座有着童话般名字的岛屿
这些七彩斑斓的小屋
你要屏住呼吸
注视，倾听
与海为友，与德为邻

给大海披上洁净的衣裳
还她以高贵和尊严
这是我们永恒的初衷
有关她鼓乐般的鱼汛
以及最新的传说
适合空中俯瞰
更适合谱成传奇

途经她的新型网箱规整多彩
途经她的宽广海面阡陌纵横

哦，这是我们想要的
全新的蓝色家园
这是与你我生命息息相关的
智慧海洋

请卸下那些过往
那些杂乱无序，那些海漂垃圾
有着密集恐惧症的人们
害怕病害的人们
如今正心怀流水
抵达这或方或圆的世界
大海深处
适合涌动的花瓣
也适合禅修和云游

而我们只有一种禀赋
那就是还她以景仰
替她收下海上明月
万物斑斓

小城叙事

◎ 刘少辉

那时候，小城还小。

1989年，我从外地调到宁德的时候

小城只有一条路：815路

百货、邮局、杂货等等都集中在815路

我们逛街，也只在815路

旁边还有一个小东门，那时，就是最热闹的

所在了。后来，蕉城南北路开始拓宽

后来，东侨开发区设立，后来

闽东工业园区设立，新能源进驻，上汽电动车

进驻，几万名工人到来，上千名博士硕士

到来，时代新能源突飞猛进，锂电池产量名列

世界前茅，宁德才有了新模样。

上年，有人晒了一张20世纪初的照片

宁德旧体育场以外，全是海。可见当时宁德的落后。

如今走在宁德，街道宽敞，高楼林立

公园鳞次栉比，一切已像

小城市，不，中等城市的模样。有人说
宁德，就是福建的新厦门。这一天
的到来时机应当不远，我们
期待着

东侨诗章（组诗）

◎ 刘伟雄

塔山

泛黄的档案资料里 塔山
浸在海里的样子有点荒凉
还好一条水道蜿蜒像围脖
温暖着这片水域的漫长冬天

再过百年 这块土地上的栈道
虹桥 公园和鳞次栉比的高楼
都躺在档案资料袋的时候
喝彩声一定盖过磅礴的三都潮

想起这些时 总是激情澎湃
在塔山黄昏的光影里
芭蕉叶上的一只瓢虫
正行军在葱郁的绿色原野

东侨晨光

每一天，都要经过这里
上班路上的人行道
被扫尽灰尘 落叶和杂屑

劳作的他总是弱弱站在一旁
手里的扫把不停划过
有时跟我的鞋面轻轻接触
他会露出浅浅的微笑
皱纹就如东湖荡开的涟漪

有一天 那路被车子彻底堵死
他一边打扫车子底下的垃圾
一边还不忘连声给路人道歉
像是他自己不守规矩 乱停了车

又见紫荆花

羊蹄甲树一进城
就有了一个好听的名字
紫荆花

不在香江而在东侨
她也开得浪漫豪放
处处散发出花朵的魅力

在一个清晨的东湖边上
还看到了白色杂色的紫荆
就像你见到了熟悉的陌生人
就像这个天天变化的东湖塘

一些物种不是变异而是回归
跟四面八方的新移民一样
美丽东侨 就是他们最后的家

薛令之路

前面的路名叫薛令之路
薛令之是什么人
的士司机说他也不知道
谁知道他跟东侨
有什么关系

东侨不过 40 年的历史
薛令之已经一千多岁了
用他的名字命名一条路
意义永远大于疑义

人们在纯洁的精神之上
人们在文化的源流之上
就在唐诗的高原

撷拾了这一枚酵母
酿出今日的东湖美酒

他们要醉出奋斗的酡颜
他们要熏红时代的新天

兰溪公园里的鸟

那些麻雀都是从我的童年
飞来的吧　那么熟悉的啁啾
充满自信地翻飞和跳跃

还有一些鸟我叫不上名字
它们把巢筑在东湖岸上
美人蕉和蓼草间的生活
诗歌和蓝天离它们比水更近

那些带孩子游荡在公园里的人
让纸鸢和无人机以及小小蜜蜂
和平相处在风和日丽的晨昏
汇成了今日兰溪公园的最美旋律

有一天 夜幕里我看到一只孤雁
声声雁鸣回荡在东湖的水波上
我相信这位迷路的过客
一定在这里会梦到属于她的春天

东吾洋 （外三首）

◎ 汤养宗

东吾洋是一片海。内陆海。我家乡的海
依靠东吾洋活着的人平等活着，围着这面海
居住，连同岸边的蚂蚁也是，榕树也是
众多入海的溪流也是
各家各户的门都爱朝着海面打开
好像是，每说一句话，大海就会应答
像枕边的人，同桌吃饭的人，知道底细的人
平等的还有海底的鱼，海暴来时
会叫几声苦，更多的时候
月光下相互说故事，说空空荡荡的洋面
既养最霸道的鱼，又养小虾苗
生死都由一个至高的神看管着。在海里
谁都不会迷路，迷路就是上岸
上苍只给东吾洋一种赞许：岸上都是好人
水里都是好鱼。其余的
大潮小潮，像我的心事
澎湃、喧响、享有好主张

向两个伟大的时间致敬

——写给"中国观日出地标"三沙花竹村

两个伟大的时间，一生中
必须经历：日出与落日
某个时刻，你欣然抬头，深情地又认定
自己就是个幸存的见证者
多么有福，与这轮日出
同处在这个时空中
接着才被一些小脚踩到，感到
万物在渐次地进场
以及，什么叫被照亮与自带光芒
而在另一个场合
群山肃穆，大海苍凉，身边
可能还有不合时宜的嘈杂声
落日轰然坠下，像一个
火红火红的告诫
不可知，更不可追问
一个人的手上，也有暗下去的时间
有人赶来圆场，说天地就是用来回旋的
这圣物，秘而不宣又自圆其说
保持着大脾气
万世出没其间，除此均为小道消息

葛洪山，一座有仙气的山

在我家乡，大多数人能善老善终，活的
心中有数，是坚信
家乡那座叫葛洪山的后门山，有仙。
只要说出老家的山上有仙，便是说
去往山顶的云上，有人在铺路
这样活与那样活有了放心的答案。
许多有路而过不去的梦中
我想起了我的神仙，一想起我的神仙
拦在月光下的人便会怕我。
越老我读的书越多，只有那个仙人
要我减下来，说内心的底气
更可以让一个人以一当十
这便是传说中的仙人指路
同时也是我要的靠山
比靠山更重要的是，一代代人出生后就认定
爱家乡便是爱一部祖传的天书
经验告诉我，有家乡便有一座仙山
便有一个人最大的家底
古人把家乡叫家山，取的便是
当中的仙气。接下来才又像我这样
把它写成了一首诗

太姥山短章

我爱的这座山其实就是一堆危石。
一座山全是努力的石头
每块岩石都在引体向上

武僧们曾在这里叠罗汉
石头的脚与石头的手都是有用的
顶住,托起,或撑开,都是想法
也有的说这双手应该举得高一点,要感触
空茫中的允诺,以接通云天的梦呓
相互成全,轻声作答

天下最有硬度的汉子们,在苍穹下
站成了各自的位置,像在服从
一次集体的命
又毫无知觉地
放弃了作为肉身的念头,一场哗变之后
变成一种陡峭,成为白云的遗言

看到就感到我也在当中,与石头们
有着命中的共时性
在石头中间,我有许多在人间已失效的眷念
我现在暗暗努力的事,也在石头们的把握中

宁德纪事(外一首)

◎ 阮宪铣

那时候,宁德就想着要摆脱贫困

从赤溪村开始,十里之外

挂在山腰的村庄赶集着下山

浪一般喧腾、新鲜的,是各种的想

和所有的村庄一样

平铺直叙成了过去式

沈家旧厝变成漂亮的房子

蝴蝶园、玻璃栈道成了新的事物

"中国扶贫第一村"

长成了明亮的巨型标志

还记得,下党乡拄着木棍翻山越岭

披荆斩棘,砍去荒芜闭塞和贫寒

砍出了血泡和勇气

鸾峰廊桥的往事恍若昨天

——弱鸟先飞
那么多翅膀，面向海一样蔚蓝天空
扑腾腾，惊起一路欢呼，雀跃
山门开了，心门开了
那是多么广阔的天空，辽阔的舞台

像滴水穿石，我看见那么多人
手牵手，在路上
铆着劲躬耕大地丰年和不变的诺言
从赤溪到下党，从山里到海边
村庄和城市一样，开始茁壮
江山如画，一个又一个小村
翻天覆地，波澜壮阔

在下党

在下党，就想写信写村庄
写三十年变化
写鸾峰廊桥，故事里
绿叶对根的思念
写林地茶园欣欣向荣的秘密
柑橘柿子灯笼般
高高挂起的喜庆

在下党，就像在兰考
很自然想到责任

想到平时不爱提到的大词

比如，像祖国一样
呵护小村
像小村一样热爱着
中国

东湖三叠

◎ 何 钊

1

是城市圈住了一片海，还是
海水托起了一座城
跌宕的情怀化作波纹婉转
桃林如火，柳丝拂面
从此深陷臂弯
不再澎湃

也有相思，都写在岸边
伫立，远眺
转眼间摩肩接踵，烟花灿烂

也有沸腾，晨起的东海
朝露如珠儿撒遍花园
迎着风的亭台

2

不是虚构，是水
挑动了城市的消息
追逐，生活，嬉戏
海微笑着
回音缠绕，在水底

亮光从桥墩间飞散
沿着水面，一路涟漪
连绵的拥吻，直到白色的翅膀
在湖对面聚拢
城市的海，静静地守着风帆
聆听海的喧嚣

3

哦，东湖
把饱满的丰腴，不羁的脚步
留给一座城市。潮总是按时来到
在夜里，唱着心和梦的距离
载着飞翔的嘱托
悄悄盛开，无边无际

今晚，左手和右手环抱
南岸和北岸见证——
我，就是大海

崛起之歌

◎ 杜　星

当新世纪的太阳冉冉升起，你可曾记得
宁德撤地设市的喜讯，随着礼炮的轰鸣传遍四方
当初冬的寒风吹过广场，你可曾记得
闽东百万儿女的誓言，随着战鼓的擂动写上穹苍
2000年11月14日，我们永远铭记的一个日子
这一天，我们抱着梦想精神抖擞地集结
就因为啊，我们的家园还十分贫瘠
这一天，我们怀着憧憬义无反顾地出发
就因为啊，我们的人民还不够富裕
从这一天开始，我们风雨兼程
让誓言化作春天里忙碌的身影
让身影化作炎夏里灼热的汗滴
让汗滴化作金秋里丰硕的果实
谱写了一章奋飞崛起的世纪序曲

是的，宁德在崛起

环三都澳区域发展规划有如春潮拍岸

先贤们建国方略上的深港良港正放射出璀璨的光芒

工业区正从蓝图上展开翅膀

是的，宁德在崛起

曾经，我们为蜗牛般的盘山公路而发愁忧虑

我们在心里千百次呼唤着：速度！速度！

转眼间，当我们还沉浸在福宁高速的兴奋之余

"和谐号"动车组已飞驰过宁川大地

崛起的宁德啊，累累硕果香千里

集群化的闽东电机、新能源……

名满九州，走出国门

民营企业的万吨巨轮，劈波斩浪，驶向深蓝

典雅的钓鱼台飘着闽东茶香

长长的海岸线缀满养殖的珠链

崛起的宁德啊，世人惊艳美山水

白水洋、太姥山、白云山，一串深藏万年的瑰宝

获批联合国教科文组织的宁德世界地质公园

三都澳、杨家溪、嵛山岛、翠屏湖、鲤鱼溪、杨梅洲……

一条"闽东北亲水游"让八方宾朋流连忘返

崛起的宁德旧貌换新颜

假如你喜欢都市的时尚，你应该赞美

这林立的楼厦、公园广场会展中心

街舞红歌私家车、超市酒店迎宾馆

假如你热爱诗意的田园，你应该歌唱

这整洁的村庄、村村通公路
农民医保、乡亲们的存款……
崛起的宁德春光迷人眼
"三月三"情歌唱出了畲家儿女的幸福美满
领奖台上体育健儿一次次亮出了闽东的风采
蓝天白云下是一座座现代化的校园与医院

我们不怕任何狂风暴雨艰难险阻
就像当年坚强的闽东红军独立师一样
就像我们众志成城战胜桑美超强台风一样
整整二十年了
我们迎来了遍地浓荫鸟语花香
就像斑斓焕彩的闽东古老文明一样
就像姹紫嫣红的新时代新宁德

蕉城，我的蕉城

◎ 阿　曼

一

我又在夜色将近的时候抵达这座城市
我的车辆慢慢靠近那些熟悉的建筑
那些宾馆，饭店，商场和楼房
它们像我阔别多年的亲人。有着似曾相识的面孔
和让我温暖的目光。我却因为满心喜悦与心切
无法即刻做出准确的辨认。唯有怯怯地驻足与回望

夜幕低垂。我喜欢在这样的时候
走出我寄宿的旅店。看看这个城市的灯火
车水马龙的街道，和那些拔地而起的高楼
它们把蕉城装扮得格外俏丽与繁华
悄悄走过灯盏，我碰到熟悉的月光
它照过许多年前的东湖塘。也照着今夜的东桥
这已然全新的一切，让我在向往与怀旧中进退两难

二

瞧，那是南岸，让我心驰和惊叹的南岸
数年之间，它以广阔无边的美
覆盖了往日数百里的荒凉
那河岸的垂柳，掬捧着花香
送一对对恋人与一些老者
打我身边走过。我感动着他们的幸福与安康

再过去，就是蕉城南路了
这条久违的路，伸向我曾经学习过的校园
那里，我放置过人们话说的青春
写下第一行青涩的诗句。做过理想的拼搏
也流过酸甜苦辣的热泪
如今我路过这里，依然百感交集
我只想告诉那些年轻的孩子
这里的时光多么美好

还有那大海，与校园远远相望
许多年前，我是一只简单、快乐而任性的鸟
面对大海，我曾旁若无人地大声疾呼
我还俯身亲尝过海水。看看它是不是真的很咸
当年的海风，见证过我的单纯、狂热与痴迷
多年后的今天，客船依旧，渔火依旧
而我已找不到当年眺望过的岸

别后的这些年

我在遥远的山区安静地工作和生活

也默默地关注，并喜悦着你点滴的进展

蕉城，你这飞翔的羽翼

已经成为我眷恋某一份报刊或书籍的缘由

成为我出差或培训的雀跃与惊喜

成为我心底一则恒久的心爱的日记

哦，蕉城，我久别的蕉城

你还将是我晚年无法查封的消息

我可能对着渐渐泛黄的照片

对着绕膝的儿孙，无休无止地念叨

这是我当年求学过的城市

这是南漈，这是三都，这是大海

阅读一粒稻子（外一首）

◎ 陈小虾

要阅读他的出生地
阅读他节节拔出淤泥
低于大地的部分
阅读他青葱的样子
阅读他的中年，沉甸甸的包袱
和微微弯下的脊梁
阅读他粗糙的外壳
和藏着的洁白与米香
阅读他被高高地放在供桌上
望见稻田，有人在插秧
阅读他最终被人想起，又将被遗忘

当把稻子的一生按在一副肉体上
我发现一个个老父亲
站在大地上

嵛山岛，泡一壶老白茶

我爱孤岛

在随波逐流的海上，守着自己

我爱茫茫荒草

在孤岛上，走出蓬勃之路

我爱荒草间的天湖

接受淤泥、水草和俗世的鱼虾

也照见繁盛与荒芜、日月与星辰

日出时，我爱在石壁上

泡一壶老白茶

用火唤醒陈年的日光

在炊烟升腾的，叫鱼鸟的村庄

在桐江溪浣衣的女人

◎ 迪　夫

溪水更暖了

溪水里的山影，楼影和人影一起晃荡

五颜六色，千奇百怪

溪水兀自奔突

两岸公园新修的木栈道和石槽

加剧了水的激越

也让飞溅多了趣味

女人们在水边谈论生活，忽然让其中的

一个姑娘面红耳赤

转而笑闹不止

但她们说的是当地俚语

软，嗔，飘忽，颤飞

我只能乱猜，不得要领

对面山腰处的寺庙冒着烟气

水里的锦鲤就在她们身边转来悠去

她们用棒槌对着块石

又拍又打
但衣服内的肉身已逃脱
她们笑哈哈地数落男人
日子因此和谐
她们一起拢起卷发挥臂，香气的水
在闪耀的日光里
落下或扬起

东侨与海（外一首）

◎ 依 寒

向东侨走去

新能源小镇有新时代的进程和精髓

赤鉴湖开着红千层花

东湖里白鹭低飞

湖水袒露春天

尘埃靠近光

东侨带着多种激情多种速度

延展生命的力量

阳光落在窗台是关于海的

窗玻璃上有海的咸味

缓慢

落了淡淡一层

内 心

那些名字

那些城市的建设有海的内心

那庞大的、辽阔的、吸纳的、包容的、奋进的海

那些内心是水做的

可以析出盐粒救济苍生的水

可以流出热泪的水

可以让一个东侨人在门前摆渡晨昏的水

那些分散东湖的草木和禽鸟

它们的发芽和飞翔

也总是载着内心的传说

建设中的东侨（外一首）

◎ 周宗飞

把湖还给水鸟和鱼群
把山还给草木和禽兽
把天空还给翅膀
把公园、广场和绿地
还给城市和市民
让一些原始的景象
都能在都市里占有一席之地
让一些优美的传说都能在
一些建筑和文化中窃窃私语

哦，心怀皎洁的人知道
现在偿还得越多
未来得到的也一定会更多

霞浦牛栏岗

三年前，这里还名不见经传

几座破房子佝偻在寂寞山腰
就连名字也被另一个同名沙滩掩埋
只因被一位著名摄影家辟为客居地
五湖四海的摄影人才纷至沓来
让草木舒展身姿，也学会优雅地
斜倚在山水田园，观海听涛
偶尔还会传出轻摁快门的声响

我来时，它们刚好穿上霓裳羽衣
藏在几座修旧如旧的民房周围
春风浩荡中舞动嫩芽般的纤指
一会儿指东，一会儿向西
让人眼花缭乱

草木上面，是缥缈的云雾
牛奶一般，从山坡缓缓流淌进大海
与流岚、浪花、霞光和鸥鸟交相辉映
让人如梦如幻、如醉如痴
直把初来乍到之地当作家乡

日记：我是祖国的花朵 （外二首）

◎ 林典铇

女儿是我的，没想到也是祖国的
一道题得到解答，她兴奋地
写下：一棵草是草原的，小鹿是森林的
我是祖国的花朵
夜深人静，星光在上
祖国的花朵睡在我的身边
辽阔的，东南西北，海洋或者大陆
遨游一遍，一架纸飞机就够了
女儿那么小，还需要呵护
但她在梦中笑了，我的理解
就是祖国笑了

做一个温暖的人

那年，被雪围困，小茅屋
一副无所谓的表情

生火；跳舞；
实现不了远方抱负，我就自己沸腾
屋内春暖

外面，雪飘落，冰块加厚
我安心统治锅台炉灶，让生米煮成熟饭
道路被封，就在心灵建造
通向各地的机场

心怀感激，在茫茫雪野
居然把小日子捂得发热
一整年，我劈了无数柴禾
无数次和苏醒的火焰谈心

到那年岁末，你突然来敲门
你用蓝黄紫绿，编织的每一物件
最后全是我心头的一束束红

鸳鸯溪

一只放生，另一只养在竹笼
这是鸳鸯的悲剧
然后，回春的妙手
把断掉的桃枝嫁接成梨树的一根旁枝

春天继续，另外的鸳鸯

成群结队，从空中到水面，秀恩爱

雨后的水位悄悄高了许多
我要寻找的是落单的那一只
我能够让它雌雄同体
左边翅膀和右边翅膀相爱
自己和自己就可以卿卿我我

看来看去，没有一只愿意跑出来承认
我只好沮丧地给你发微信：
"你给的灵药，派不上用场，
下一步我该怎么办呢？"

但你始终没有回信
我站在鸳鸯溪边
身怀密术，却无法施展
天快黑了，我把另一个我留在那里
期待——
要不和落单的那只相遇
要不等你给出下一个指令

宁德故事（组诗）

◎ 谢宜兴

最美日出

而今，都知道最美的一轮红日
是从花竹海平面升起
那些守候的镜头，像等待
一场即将召开的盛大的记者会

没有人在意黎明前的蛰伏
从晨光熹微到喷薄而出的壮怀激烈
无垠的天空，多么辽阔的舞台
一个思想者独步理想国

仿佛一辆黄金的车辇从天庭驰过
耀眼的光芒溅起一路惊呼
日出东方，从不缺少仰望者
江山如画，是谁一卷在握

下党红了

一路红灯笼领你进村，下党红了
像柑橘柿树，也点亮难忘的灯盏

公路仍多弯，但已非羊肠小道
再也不用拄着木棍越岭翻山

有故事的鸾峰廊桥不时翻晒往事
清澈的修竹溪已在此卸下清寒

蓝天下林地茶园错落成生态美景
茶香和着桂花香在空气中漫漾

虹吸金秋的暖阳，曾经贫血的
党川古村，血脉贲张满面红光

在下党天低下来炊烟高了，你想
小村与大国有一样的起伏悲欢

车窗外的霍童溪

一袭曳地长裙，掩不住的冰肌玉骨
叫蓝天自愿低下来，把你仰视

即使山风也袅娜不过你流水的腰肢
对这世界有无端的错误，你的眸子

这未曾公开发表的一行纯净的诗
谁翻开了，都读到大地的福祉

居住的地方有这样一条流水就够了
哪怕像一株水草，曾经为她迷失

多少不可复制的珍品像风华绝代的
女子，我们的亲近是梦想的奢侈

隔着车窗怅怅地看你，霍童溪
你会擦去我的足迹，我会把你烙在心底

夕阳下的三都澳

只一瞬间，三都澳亮起来
夕阳像橘红的颜料泼洒在它身上
又像天主教堂里飘出的琴声
一种暖意在凝视的眼里流淌

云絮还是百年前的样子，衬出
海天的湛蓝。修道院和福海关的
墙上，斑驳着荣辱与沧桑
造访者心上有岁月的痂痕

这湖一样深沉宽容的水域
仿佛掠夺与残杀在这里从未发生
海岸边两行蹒跚的脚印
水面上一座摇曳的渔城

可是谁忍不住说出了观感
假如不是百年前的对外通商口岸
假如不是半个多世纪的军港
今天的三都澳会是哪般模样

仙蒲歌

车窗外，漫山清绿
我的目光与肺腑被一洗再洗
群山环护的净土，不容世外污浊

似一个沉睡的细胞，静卧
在大脑沟回似的山峦中，仙蒲
把你唤醒的人，我说残忍

可我也想残忍一回，依山筑庐
共享一段无论魏晋的日子
闲坐庭前，把满山清明写入图画

一条溪蹒蹒独行穿村而过

偏爱那份寂寞的骄傲，旁若无人
流入我心，不染纤尘

水中蓝天也像溪流洗过
云絮一动不动如山中岁月凝止
丁步上的人一抬脚就跨进白云深处

崀山灵雾

仿佛这场雾是我预订的
当我把烈日下的大天湖和白茶园留在身后
神已在山顶为我们搭起了纱帐
叫阳光像侍从在对面山坡守候

也许是山崖下有一台巨大的空调机
习习凉风拧小了裸岩心头的焦躁
坐在崖边凝望小天湖若隐若现
绿腰的草坡波浪般在风中舞蹈

那一刻我相信崖边有无数云梯
流岚像万千攻城者，鱼贯而上，争先恐后
草场是自愿失守的城堡，浓雾划出警戒区
保护草木的隐私驱逐贪婪的镜头

大自然的美拒绝饕餮，崀山的雾
是一次重游之约，也是一种阻止和劝导

日雨落霍童（外一首）

◎ 蓝 雨

踏上霍童，一场细雨尾随而至
辽阔的苍茫，从路中央慢慢晕染开去
仿佛在寻一座记忆的远山
一位美女躺卧峰顶，雨雾缭绕
每个经过的人都有了朝拜的心

在霍童，雨似绢丝
从古屋青瓦上洒下，落进古井
于是，就有了闪着光亮的青石板路
于是，就有了"苔痕上阶绿"
瓦楞上小草的摇动，无不昭示古老的鲜活

雨落霍童，古街多了份安静与神秘
水墨兰香的女子，她的美定格在古屋里
路过的人，赶在暮色来临前
携一场秋风，沿霍童溪一同奔向远方

春天的茶园

春天，在福鼎
一场盛大的恩泽会来临
春风如期把细嫩的牙尖带出
清明来临前，我们会给茶园以
最深情的拥抱。潮汐来临时
漫山的茶园会全部苏醒

漫步其中，有时我会希望
自己就是那株嫩芽，且行且近
在雨水与阳光的滋养下重获新生
茶叶似乎懂得：完美的时光
只为获得一杯清甜、毫香和蜜韵

春天，在福鼎的各个山头
茶树丛如绿色的地毯
由上到下层层铺开
路延伸得太长，在被风的簇拥中
总会有收纳天地的气势

当我如茶农一样
低头在茶树上采摘嫩芽时
无数的星星会闪现
我会在茶园里找到茶人的家

图书在版编目(CIP)数据

你的城,我的城:献礼宁德撤地设市20周年/宁德市文学艺术界联合会编. —福州:海峡文艺出版社,2020.12 (2021.9重印)
ISBN 978-7-5550-2523-8

Ⅰ.① 你… Ⅱ.①宁… Ⅲ.①文学—作品综合集—中国—当代 Ⅳ.①I218.574

中国版本图书馆CIP数据核字(2020)第251550号

你的城,我的城
——献礼宁德撤地设市20周年

宁德市文学艺术界联合会　编

责任编辑　朱墨山　林　颖
出版发行　海峡文艺出版社
经　　销　福建新华发行(集团)有限责任公司
社　　址　福州市东水路76号14层
发 行 部　0591－87536797
印　　刷　福建新华联合印务集团有限公司
厂　　址　福州市晋安区后屿路6号
开　　本　720毫米×1010毫米　1/16
字　　数　220千字
印　　张　16.25
版　　次　2020年12月第1版
印　　次　2021年9月第2次印刷
书　　号　ISBN 978-7-5550-2523-8
定　　价　96.00元